Meine Familie

Meine Großmutter Lotte wurde erst nach dem Krieg geboren. Sie hinterfragte alles und akzeptierte nichts, was ihr unsinnig vorkam. Sie warf sich wie ihr Vater furchtlos ins Leben, hatte aber weniger Zeit als er: Als sie mit 62 starb, war ich 6. Ich erinnere mich noch gut an sie.

Mein Großvater Moritz musste als Kind mit seinen Eltern vor den Nazis flüchten und wurde dieses Erlebnis sein Leben lang nicht los. Der spätere Direktor eines Nobelhotels starb mit 57, als meine Mutter und ihr Bruder Teenager waren. Ich kenne nur sein Grab.

Meine Tante hat mit den Kindern alle Hände voll zu tun und behält trotzdem immer den Überblick. Ihre Energie und Geduld scheinen endlos zu sein.

Mein Onkel Dominik wurde von seinem Großvater, dem Drachentöter, Kriegskamerad genannt, weil er sich schon als Kind für Geschichte interessierte. Später hat er den Widerstand genau erforscht und dokumentiert.

Meine Mutter glaubt immer, mich beschützen oder der Welt eine Bedienungsanleitung für mich geben zu müssen. Seit wir gemeinsam Auto fahren, traut sie mir viel mehr zu.

Mein Vater ist Musiker. Er ist meistens sehr gelassen und nimmt auch meine Schulprobleme nicht besonders ernst.

Die Kinder von Onkel Dominik und seiner Frau sind noch klein: Meine Schwester und ich beschäftigen uns gerne mit meiner **Cousine** und meinem **Cousin**.

Mein Bruder ist drei Jahre älter als ich. Er studiert Mathematik, checkt alles und steht irgendwie immer über den Dingen.

Ich, Benjamin, bin Spezialist für Katastrophen, die doch nicht stattfinden.

Meine Schwester ist drei Jahre jünger als ich, kommt mir aber manchmal wie eine große Schwester vor, weil sie total souverän ist und mich immer durchschaut.

Alexandra Holmes

Einfach mehr Luft

Dieses Buch wurde aus den Mitteln der Karl Bruckner Kinder- und Jugendbuchstiftung gefördert.

ISBN 978-3-7026-5977-6
1. Auflage 2023

Einbandgestaltung: www.b3k-design.de, Andrea Schneider & diceindustries unter Verwendung der Fotos von Kittyfly/shutterstock.com (Bildstapel) und Syahrur Rajab/shutterstock.com (Kopfhörer)

Druck und Bindung: FINIDR, Český Těšín

Wir legen Wert auf nachhaltige Produktion unserer Bücher und arbeiten lokal und umweltverträglich: Unsere Produkte werden nach höchsten Umweltstandards gedruckt und gebunden. Wir verwenden ausschließlich schadstofffreie Druckfarben und zertifizierte Papiere.

Alexandra Holmes

Einfach mehr Luft

Jungbrunnen

Alexandra Holmes
wurde 1972 in Wien geboren und studierte dort Theaterwissenschaft und eine Fächerkombination aus Germanistik, Philosophie und Vergleichender Literaturwissenschaft. Neben dem Studium lektorierte sie Drehbücher für den ORF und arbeitete am Burgtheater. Seit 2013 legt sie den Fokus ihrer Arbeit auf Literatur und Theater für Kinder und Jugendliche und ist freie Mitarbeiterin der STUBE.

Für Daniel, Benedict und Anna

Sieh ab Seite 138 nach, wenn dir ein Wort nicht vertraut ist.

Levin ahnt es. Er wirft den Kopf in die Höhe, die Augen weit aufgerissen, und trippelt von einem Bein auf das andere, ohne auch nur einen Schritt vorwärts zu kommen. Wohin auch? Der Strick ist fest verknotet, Fluchtversuche zwecklos. Er spürt, dass etwas nicht stimmt, mit mir nicht und mit ihm auch nicht. Na los, komm schon, Kumpel! Ich habe dich bis jetzt nie zu etwas gezwungen, aber: Das hier ist nur zu deinem Besten. Ehrlich!!!

Han hat längst den Zugang am Hals gelegt, und kaum ist die Spritze leer gedrückt, weicht die Panik aus Levins Augen. Wenn ich seinen Kopf nicht hielte, würde der glatt auf den Boden knallen. Die Lippen hängen so schlaff herunter, dass sie nicht einmal einen Grashalm halten könnten. Alle Willenskraft dahin. Mir wird ein bisschen schwummerig, das Herz pocht mir bis in den Hals, der ganze medizinische Kram riecht nach weichen Knien. So ein Mist! Bloß nicht umkippen.

Jetzt aber: Han und Lea schieben Levin Schritt für Schritt vorwärts, ich ziehe an seinem Kopf, ein paar Burschen kommen gelaufen um zu helfen und bemerken nicht, dass Levin total benebelt ist, dass wir einen Schlafwandler in den Anhänger verfrachten. Sechshundert Kilo schlafwandelndes Pferd! An jedem Bein ein Erwachsener, der zieht und schiebt; beim Kopf ich, tragende Rolle.

„Alles klar bei dir?“, keucht Han von hinten.

„Ja, alles klar“, bringe ich atemlos heraus.

Nichts ist klar, verdammt! Mir ist zum Heulen. Im Film regnet es in solchen Momenten immer, damit keiner die Tränen des Helden sieht. Der ist dann gleich noch mehr Held, weil er sich seinen Gefühlen stellt – oder eben genau nicht, was weiß ich. So klitschnass geschwitzt, wie ich bin, und außerdem schon mit Levins vorderer Hälfte im Hänger würde mir der Regen sowieso nichts nützen.

„Okay, sobald er drin ist, bekommt er gleich das Gegenmittel." Han fackelt nicht lange und zieht schon die nächste Spritze auf. „Er darf auf der Fahrt nicht schlafen, das wäre zu gefährlich, weil das ganze Gespann umkippen könnte."

Lea hat mir die Prozedur schon vor Wochen erklärt, technisch, Schritt für Schritt. Sie weiß, dass Überraschungen nicht so mein Ding sind.

„Siehst du den kalten Schweiß", sagt sie, als Levins Hals feucht zu glänzen beginnt. „Jetzt wird er langsam wieder wach."

„Mhm." Geht mir ähnlich. Ich nicke nur und spüre eine leichte Gänsehaut aufziehen.

„Geht's dir gut? Du bist ein bisschen gelb um die Nase ..."

An einem Strohballen lehnt mein Fahrrad. Die Trinkflasche ist in der Sonne warm geworden; ich trinke sie trotzdem leer, spüle alles runter.

„Geht schon wieder." Ich wische mir das Gesicht in meinem T-Shirt ab.

Han klopft mir auf die Schulter. „Danke für die Hilfe. Das hast du super gemacht."

„Ich ruf' dich an, wenn wir angekommen sind!" Lea umarmt mich. An mir klebt alles, aber das ist jetzt egal.

Und dann: Klappe zu, ab die Post. Gute Reise, mein Freund.

„Wo bleibst du? Wir müssen bald los!“, whatsappt meine Mutter in die Family-Gruppe.

„Dauert’s noch lange?“

„Ist etwas passiert?“

Ich habe mein Handy in der Lenkerhalterung stecken lassen und sehe jetzt erst, dass es schon fast Mittag ist. Sie glaubt, es geht schneller, wenn sie dauernd schreibt, aber dass ich beim Radfahren auf dem Feldweg beide Hände brauche, kommt ihr nicht in den Sinn.

„Sollen wir dich abholen kommen?“ (mein Vater)

„Antwortest du bitte ...“ (meine Mutter)

„Akku leer?“ (mein Bruder)

„... und er setzt zum Endspurt an, nimmt die letzte Kurve mit Bravour, Bestzeit!!!“ (meine Schwester – sie sieht mich wahrscheinlich vom Dachfenster aus)

„Bin schon da!“, rufe ich ins Haus und gebe meinem Fahrrad einen etwas zu kräftigen Schubs in den Schuppen. Es rollt ziemlich genau an seinen Platz, wo es knirschend zwischen den anderen Rädern stecken bleibt. Nein, ich bin nicht sauer. Nein, ich heule nicht. Scheiße, Levin ist weg! Ihr könnt mich alle mal!

Ich muss noch schnell unter die Dusche, den Stallgeruch abwaschen. Ich drehe abwechselnd auf brennheiß und eiskalt, so oft, bis ich den Unterschied nicht mehr spüre. Erst bleibt einem die Luft weg, dann bekommt man eine Gänsehaut, aber da muss man durch. Am Schluss prickelt es auf der Haut, und man fühlt sich unverwundbar, jedenfalls bis man sich abgetrocknet hat.

Schnell noch irgendetwas Gesellschaftsfähiges anziehen, dann ab ins Auto. Ich fahre! Mit den dreitausend Kilometern Übungsfahrt für den L17-Führerschein kann man schon mit fünfzehneinhalb anfangen, nur die Prüfung darf man erst mit siebzehn machen. Ich liebe Autofahren. Es beruhigt mich wie kaum etwas anderes. Autofahren gehört zu den wenigen Dingen, bei denen es ganz ruhig wird in meinem Kopf. Wie wenn Steine ins Wasser fallen und sauber auf den Grund sinken, ohne Schlamm aufzuwirbeln. Das Gute beim Fahren ist, dass man zwar viel gleichzeitig denkt und tut, aber es ist eigentlich nur eine Sache, nämlich fahren, und darauf kann ich mich super konzentrieren. Außerdem gibt es keine Diskussion, wer vorne sitzen darf.

Wir sind schon wieder spät dran. Das ist bei uns eine Familieneigenschaft.

„Es ist einfach nicht möglich, dass wir alle zusammen irgendwo pünktlich in Erscheinung treten", seufzt meine Mutter hinter mir.

„Auf die paar Minuten wird es ihr auch nicht mehr ankommen, nach der Ewigkeit", relativiert mein Bruder. Er studiert Mathe und hat Sinn für Proportionen.

Wir feiern heute den hundertsten Geburtstag meiner Urgroßmutter. Ja, echt hundert! Sie ist die letzte aus ihrer Generation, aber die anderen, mein Urgroßvater und seine Geschwister, wurden auch alle sehr alt, über neunzig. Ich unterbiete rekordverdächtig das Tempolimit und schinde Zeit heraus für meine Ed Sheeran-Playlist. *Nancy Mulligan* passt gerade ganz gut, da geht es um die Lovestory von Eds Großeltern im Krieg. Die haben sich – ähnlich wie meine Urgroßeltern – aus dem Staub gemacht und auf die Erwartungen ihrer Familien gepfiffen. *She and I went on the run, don't care about religion* ... Meine Urgroßmutter ist seit dem Tod meines Urgroßvaters ein bisschen wie die Königin der Familie und trägt die Insignien des Königs weiter. *She took my name and then we were one* ... Sie spielt gerne die Monarchin, aber der Held war immer schon er, der Drachentöter, und er gab in der Familie uneingeschränkt den Ton an. Heute zieht still im Hintergrund sie die Fäden – mehr als man glaubt.

Früher habe ich sie nicht so gerne besucht ... Ich sage nur: Urgroßmutter-Küsschen. Obwohl: Sie ist eine sehr gepflegte Dame, immer gut gekleidet, mit Schmuck und Make-up und Parfum, da gibt's nichts zu meckern. Bis auf einmal, da hat sie verschlafen und ist nackt und ohne Zähne aus dem Bad gewackelt. Das war ihr aber total egal, und eigentlich hat man auch gar nichts gesehen. Vielleicht ja nur, weil man in so einer Situation gar nicht weiß, wo man hinschauen soll.

Seit mein Bart auf sich aufmerksam macht, bin ich vor ihren Küssen sicher. Und seit ich Übungskilometer für den Führerschein sammeln muss, fahre ich meine Mutter öfter zu ihr. Während sie sich um die Wäsche und den zweifelhaften Kühlschrankinhalt kümmert, leiste ich meiner Urgroßmutter Gesellschaft. Ich sitze einfach da, auf ihrem Sofa. Das klingt vielleicht langweilig, ist aber eigentlich recht schön, weil man nicht reden und nichts erzählen muss. Sie hört es sowieso nicht. Dafür spricht sie gerne. Mir kommt vor, sie wartet immer schon darauf, endlich losreden zu können.

Sonst hat sie ja wenig Gelegenheit dazu. Meine Urgroßmutter hat eine lustige Art sich auszudrücken, ein bisschen wie in alten Filmen oder in Märchenbüchern, und sie verwendet Wörter, die ich von anderen Leuten noch nie gehört habe. „Textilhaupt“ zum Beispiel. Das ist eine noble Umschreibung für „Fetzenschädel“, aber das versteht heute ja auch schon keiner mehr. Wenn sie von früher erzählt, kommen meist Verwandte vor, die schon gestorben sind, wie meine Großmutter Lotte oder mein Urgroßvater Georg, der Drachentöter. Beide habe ich noch gekannt – aber meinen Großvater Moritz, Lottes Mann, nicht.

Diese Geschichten kennt in der Familie jeder, und die Menschen aus diesen Geschichten auch. Man weiß, wie sie waren, man weiß, ob man gut mit ihnen gewesen wäre oder eher Abstand gehalten hätte. Man kennt sie so, als ob man ihnen tatsächlich begegnet wäre, obwohl sie schon vor einer Ewigkeit gestorben sind. Es ist auch gar nicht wichtig, ob etwas im kleinsten Detail wirklich so war. Hauptsache, die Geschichte wird gut erzählt. Statt „ich kenne dich“ sollte es bei uns eher „ich weiß dich“ heißen. Geht das überhaupt? Kann man jemanden wissen?

Meine Urgroßmutter beklagt sich auch gerne über das Essen im Heim.

„Semmeln gegen das Troglodyten-Dasein!“, protestiert sie zum Beispiel lautstark.

Ich habe keine Ahnung, was so ein Troglodings sein soll.

„Wer soll denn so viele Semmeln essen? Natürlich bleibt den alten Leuten nichts anderes übrig, als damit im Park die Tauben zu füttern!“ Sie ist fest davon überzeugt, dass das eine Mobilisierungsmaßnahme der Heimleitung ist. Und solche Bevormundungen verbittet sie sich natürlich. Außerdem geht sie kaum mehr aus, sie schafft es höchstens auf den Balkon oder in den Garten, aber keinesfalls mehr in den Park.

„Oma, deine alten Leute sind zwanzig Jahre jünger als du“, sagt meine Mutter dann oft.

„Gerne, mein Schatz“, nickt Urgroßmutter in solchen Fällen und zwinkert mir zu, weil sie meine Mutter nicht verstanden hat, oder nicht verstehen will.

„Die Doktor-Schiwago-Karotten kannst du auch gleich einpacken. Die schmecken mir nicht.“

„Hier sind keine Karotten“, ruft meine Mutter aus der Küche, „nur Pastinaken!“

„Sag ich doch!“, ruft meine Urgroßmutter zurück und kichert.

Meine Mutter schüttelt den Kopf und räumt das Gemüsefach leer.

Ich mag diese Besuche. Sie sind lustig, auch wenn ich manches nicht verstehe, und man muss nur da sitzen und zuhören. Ich glaube, das ist die einzige Situation, in der ich das so entspannt kann.

Wir sind bald da. Ich konzentriere mich auf das Fahren. Neben mir sitzt mein Vater und macht kleine Handbewegungen, die wie Dirigieren aussehen – wahrscheinlich eine Berufskrankheit, denn er ist Musiker. „Schulterblick, Blinker, Spur wechseln, Achtung auf die Straßenbahn.“ Ja, weiß ich doch. Ich kenne den Weg im Schlaf. Wir reden sonst beide nicht viel, aber meine Mutter gibt von der Rückbank aus noch letzte Bedienungsanleitungen für die Verwandtschaft: „Normal höflich, aber bitte nicht übertreiben". Was auch immer „normal höflich" ist.

„Sollen wir zur Feier des Tages mit ‚Küss-die-Hand' grüßen?", fragt meine Schwester, die damit zielsicher in ein Wespennest sticht.

„Bloß nicht!", wehrt meine Mutter mit gespieltem Entsetzen ab. Und weil es ihre Spezialität ist, jeden Fliegenschiss in wirklich weltbewegende Zusammenhänge zu stellen, stattet sie das Ganze noch mit einer pathetischen Erklärung aus: „Das ist wie mit dem Frauenwahlrecht oder der Demokratie insgesamt: Man setzt nicht Rechte aufs Spiel, für die andere gekämpft und gelitten haben!"

Gelitten hat eigentlich nur Großmutter Lotte, weil meine Mutter und ihr Bruder Dominik schon als kleine Kinder diesen antiquierten Gruß verweigert haben und von da an die missratene Brut waren, die nicht anständig grüßen konnte.

„Mein Cousin grüßt immer noch so," beteuert meine Mutter kopfschüttelnd.

„Der General?", fragt meine Schwester.

„Wie bitte?" Meine Mutter spielt auf Zeit.

„Na Uromas Lieblingsenkel, der durchgeknallte Typ mit der Dienstwaffe."

„Eigentlich zwei Dienstwaffen, wenn man den Hund dazu zählt", ätzt mein Bruder.

Ich halte das Vieh ja für eine biologische Waffe, weil es jeden so vollsabbert mit seinem Schleim des Grauens, seinem ultimativen Killer-Schlatz.

„Ob du es glaubst oder nicht, der Hund ist tatsächlich ein Diensthund und alles andere als ein Kuscheltier“, erklärt meine Mutter bemüht sachlich, „aber im Generalsrang steht keiner von beiden.“

Meine Schwester muss lachen, weil sie sich den Hund in Uniform vorstellt, oder wie er salutiert und einen Orden ins Fell gepikst bekommt. Plötzlich macht sie ein ernstes Gesicht und setzt langsam ihre Sonnenbrille auf: „Immer, wenn irgendwo megagefährlich die Kacke am Dampfen ist, greift er ein und rettet die Menschheit.“ Die Stimme hat sie sich aus dem Trailer zu einem Superhelden-Film ausgeborgt.

„Naja“, seufzt meine Mutter.

„So hätte er das wohl gerne“, legt mein Bruder eins nach.

Meine Mutter hat überhaupt keine Lust, ihren Cousin zu verteidigen oder zu erklären, woran es liegen könnte, dass er ständig und meist mit den falschen Mitteln um Anerkennung ringt.

Er ist ein blonder, blauäugiger Hüne, der manchmal Strammstehen mit Haltung verwechselt, dem Pflichterfüllung alles bedeutet und der glaubt, dass Befehle Verstand und Gewissen ersetzen können. Außerdem weiß man bei ihm nie, woran man ist. Er findet nichts dabei, aus einem Flugzeug in viertausend Meter Höhe zu springen, aber zu Weihnachten flennt er wie ein kleines Kind.

„Sein Job ist nicht ungefährlich“, sagt meine Mutter schließlich.

„Also ist er ein Held wie Uropa?“, fragt meine Schwester.

Mein Vater atmet aus. „In dieser Familie muss wirklich jeder ein Held sein“, höre ich ihn neben mir denken.

Aperitif: Cocktails

Super! Parkplatz vor dem Haus, und wir sind nicht die letzten. Jedenfalls fällt mir gleich auf, dass die Cousine meiner Mutter nicht da ist. Hoffentlich kommt sie noch, aber das weiß man bei ihr nie so genau. Sie lebt als Ordensfrau in Jerusalem.

„Wie heißen noch schnell die ungarischen Cousins deines Onkels?", will mein Vater beim Hineingehen gar nicht wirklich wissen.

„Tick, Trick und Track." Meine Mutter hat es aufgegeben ihn zu briefen. Er merkt es sich sowieso nicht.

Die Gäste stehen in der Halle herum und trinken buntes Zeugs aus schnörkeligen Gläsern mit Schirmchen dran. Sie wissen, dass das kindisch ist. Urgroßmutter hätte ein schlichtes Glas Champagner bevorzugt. Der Geräuschpegel ist gedeckt, weil sich alle hinter vorgehaltener Hand zutuscheln, wessen Sohn oder Tochter dieser oder jene ist, wer gerade wo Karriere macht, welches Kind bekommen hat, wohin übersiedelt ist oder an welcher Krankheit leidet. Besonders wichtig scheint es auch zu sein, die Jungen mit herausragenden Persönlichkeiten aus der Ahnenreihe zu vergleichen, als ob man ihnen ein Etikett umhängen müsste, das Auskunft darüber gibt, ob sie zum Beispiel wie Georg, der Drachentöter, keiner Auseinandersetzung aus dem Weg gehen oder wie Tante Ela nasal und herablassend Unverschämtheiten von sich geben. Es ist nie genug, man selbst zu sein, man wird immer auch in die Fußstapfen eines Vorfahren gestellt, als ob man sein Abziehbild sein könnte.

Mein Großonkel Emil kommt auf uns zu. Als Erstgeborener meiner Urgroßmutter ist er sozusagen operatives Familienoberhaupt, er hat zu dem Fest eingeladen und alles organisiert. Wenn seine Schwester, meine Großmutter Lotte, noch lebte, hätten sie das Fest gemeinsam ausgerichtet.

„Geschafft? Alles gut gegangen?“, fragt er.

„Unser Chauffeur war ausgezeichnet“, sagt meine Mutter.

„Nichts anderes habe ich erwartet, nicht wahr?“

Er lächelt anerkennend und klopft mir auf die Schulter.

„Und die Musik?“, wendet er sich an meinen Vater.

„Alles unter Dach und Fach.“ Er deutet auf seine Notentasche, den Geigenkoffer meines Bruders und macht eine Handbewegung, die irgendwie alles bis hin zu unseren Stimmbändern umfassen soll.

„Gut“, sagt mein Großonkel, „das kommt dann gegen Ende, vor dem Dessert.“

Man sieht ihm an, dass er innerlich der Reihe nach eine Liste abhakt.

„... und ihr sitzt bei uns, nicht am Kindertisch“, sagt er zu uns drei Geschwistern.

„Danke“, sagen mein Bruder und meine Schwester wie aus der Pistole geschossen.

„Mutter wollte es so.“

Also meine Urgroßmutter wollte es so. Damit ist alles gesagt, aber er bemerkt mein Unbehagen und sagt noch im Weggehen: „Ein bisschen Haltung schadet nicht“, und zu meiner Mutter: „Keine Sorge: Er sitzt nicht im Rampenlicht.“

Im Rampenlicht sind wir jetzt schon, wenn ich mich so umschaue.

Meine Mutter wird umarmt, wir schütteln Hände, mein Vater stellt sein Lächeln auf Autopilot.

„Wie schön!“, jubiliert eine kinderlose Großtante zweiten Grades, Inhaberin des Tante-Ela-Etiketts ihrer Generation, und mustert uns der Reihe nach. „Wie groß ihr geworden seid, und so fesch alle miteinander!“ Sie strahlt über das ganze Gesicht. Ihre Erscheinung mitsamt Frisur, Garderobe und Parfumschwade ist die letztgültige Erklärung des Begriffs „raumgreifend“. Der Duden müsste eigentlich ihr Foto abdrucken.

„Du bist das Mathematik-Genie, gell?“, sagt sie zu meinem Bruder und klopft ihm auf die Schulter. „Und du wirst auch immer hübscher, gell?“ Damit kann sie nur meine Schwester meinen, der sie ins Gesicht grapscht. Dann geht sie einen Schritt zurück: „... ja, und das ist unser ...“, sie horcht in eine Dauerwellenkurve hinter ihrem Ohr und stockt, als sie mich ansieht. Blöde Kuh. Jetzt sind ihr die Etiketten ausgegangen. „... ja, aus dir wird sicher auch noch ein Drachentöter.“ Sie wendet sich wieder meiner Mutter zu. Mitleidiges Lächeln. „Du bist sicher sehr stolz auf die Bande, gell? Du schaust ja auch blendend aus.“

Meine Mutter lächelt und nickt. Zu Wort kommt sie ohnehin nicht.

„Da habt's was für's Zeugnis. Ist noch ein bissl Zeit, ich weiß, aber es wird ja sicher ganz schön werden, gell."

Sie checkt nicht, dass mein Bruder schon studiert und dass mein Zeugnis noch nie auch nur annähernd „ganz schön" war. Trotzdem steckt sie jedem von uns einen Geldschein zu. Mein Bruder und ich machen eine kleine Verbeugung, meine Schwester deutet einen Knicks an; wir sagen artig „Danke", und die Tante verspürt eine innige Beziehung zu uns, bevor sie uns nur mehr in Form einer Duftwolke um die Nase weht.

„Wer war das denn?", fragt mein Vater durch unbewegliche, immer noch grinsende Lippen. „Wir könnten ja einen Spendenkorb aufstellen ..."

So geht es eine ganze Weile weiter. Die Verwandtschaft ist riesig, die meisten kenne ich nur vom Sehen bei irgendwelchen Begräbnissen oder Taufen. In einer großen Familie stirbt immer irgendwer, aber es wird auch immer irgendwer geboren. Bei mir wäre das fast gleichzeitig gewesen.

Meine Eltern haben mich Benjamin genannt. So heißt sonst immer der Jüngste. Der bin ich aber gar nicht, denn drei Jahre später kam noch meine Schwester. Aber ich war winzig und schwach und viel zu früh. Nabelschnur um den Hals, blau im Gesicht. Bei meiner Taufe hat der Priester lange philosophische Betrachtungen über den biblischen Benjamin angestellt, sicherheitshalber aber unterschlagen, dass jener Benjamin von seiner Mutter zwar heiß ersehnt, seine Geburt aber ihr Ende war. Schließlich hat er noch festgehalten, dass – ja immerhin – der Name Glückskind bedeutet. Naja, mal sehen ...

Fast alle nennen mich Ben, aber eigentlich sollte ich zumindest den Beinamen „doch nicht“ haben, weil bei mir fast immer alles dann doch nicht passiert ist. Ich bin zum Beispiel doch nicht bei meiner Geburt gestorben. Der bedenkliche Herzton war doch kein Herzfehler und mein Schädel musste doch nicht operiert werden, weil die Wachstumsfugen doch nicht zusammengewachsen waren.

„Schau, da ist er ja!“ Meine Tante, leicht abgehetzt wie immer, dirigiert den Sturmlauf ihrer Kleinen in meine Richtung. Der Kinder wegen wirkt sie ziemlich erleichtert, dass ich leibhaftig anwesend bin und sie mich in dem Gewühl gleich gefunden hat. Sie entspannt sich aber erst, als mein Onkel nach einigem Händeschütteln, Umarmen und Bussibussi gelassen angeschlendert kommt – nicht ohne ihm einen strengen Blick zuzuwerfen.

„Benjuhuu!!!“, schreit mein Cousin.

„Benibubu!!!“, schreit meine Cousine.

Sie klettern an mir hoch wie kleine Tierchen.

Onkel Dominik bemüht sich, seine Kinder wieder von mir herunterzupflücken.

„Lasst ihn ganz! Wir brauchen ihn doch noch.“

„Als Kletterbaum?“, frage ich skeptisch.

Er zwinkert mir zu. „Als Vorbild!“

„Bevor er in die Schule gekommen ist, hat er es immerhin auf zwei Platzwunden und einen Kapitalsturz mit dem Roller gebracht“, preist mein Bruder meine Katastrophenkarriere an.

„Und er ist einmal verloren gegangen“, ergänzt meine Schwester.

Die Kleinen machen große Augen. Meine Tante auch. So stellen sie sich ein Vorbild dann doch nicht vor.

Meine Mutter protestiert: „Er ist nur fast verloren gegangen, weil er irgendwo hinaufgeklettert ist, obwohl er noch nicht gehen konnte, weshalb ihn da oben keiner gesucht hat.“

Von Anfang an mein Spezialgebiet: Katastrophen, die doch nicht stattfinden.

Georg

Klick. Klack. Klick. Klack. Das gelbe Blinklicht macht einen Höllenlärm, wie eine Warnung vor der Hölle, in die man unweigerlich, sofort und ohne Umleitung kommt, wenn man hier zu schnell fährt.

„Pass auf, da ist die Stelle", sagt meine Mutter neben mir. Sie schaut dem weißen Holzkreuz nach, das seit zwei Wochen am Straßenrand steht und an dem ich langsam vorbeifahre. Die Bremsspuren vor der Kurve lassen tatsächlich einen Höllenritt erahnen.

„... was für ein Idiot!"

Ihr Mitleid hält sich offensichtlich in Grenzen.

„Hör mal, du darfst dich nie und nimmer, unter gar keinen Umständen verleiten lassen ..."

Sie klingt, als ob sie um nichts weniger als um mein Leben auf mich einreden müsste.

„Ich weiß: Autofahren ist ‚serious business'", versuche ich sie zu beruhigen.

„Es ist die schlechteste Art, irgendjemandem irgendetwas beweisen zu wollen!"

„Ja, schon gut." Das sind ja nicht meine Bremsspuren.

„Wahrscheinlich ein halbstarker Macho-Typ mit irgendeiner dummen Tussi am Beifahrersitz, die die Raserei auch noch cool gefunden hat!"

„... oder am Handy rumgetippt, oder getrunken ...", sage ich gleich, bevor sie es sagt.

„Ja, wer weiß. Jedenfalls musst du niemandem etwas beweisen."

„Klar. Und ich hätte auch nie eine dumme Tussi am Beifahrersitz."

Kurze Pause. Sie dreht sich zu mir, schnappt nach Luft, sagt jedoch nichts.

Sicherheitshalber grinse ich gleich.

„Danke. Wie reizend."

Aber dann lachen wir beide. Sie wäre wahrscheinlich der lustigste und auch entspannteste Mensch der Welt, wenn sie nicht dauernd die Welt oder zumindest mich retten müsste.

Die Landstraße ist ganz okay für Übungsfahrten. Kein Stress mit Spurwechseln, hektisches Überholen geht meist auch nicht und man hat schnell eine Menge Kilometer beisammen. Dreiundzwanzig sind es bis zu meiner Urgroßmutter. Im Kofferraum haben wir ihre gebügelte Wäsche, eine Kostprobe der letzten Marmelade-Einkocherei und einen kleinen Kuchen. Fast wie bei Rotkäppchen – bis auf das Auto und den Wald und eigentlich auch sonst alles.

„Heute könnte es etwas länger dauern", sagt meine Mutter. „Der Hausarzt kommt noch vorbei. Da ist es gut, wenn ich dabei bin."

Und sie meint damit, dass ich da nicht unbedingt dabei sein sollte. Von wegen „nicht vor den Kindern" und so.

„Ich habe sowieso noch eine Bandprobe."

„Ach, wo trefft ihr euch denn? Wieder bei Antonia?"

Warum sagt sie immer Antonia?

„Ja, Tonis Mutter hat uns den Keller überlassen. Da dürfen wir laut sein und keiner regt sich auf."

Das ginge bei uns natürlich auch, wenn mein Vater

nicht gerade selbst mit seinen Kollegen Lärm macht – natürlich nicht im Keller, sondern im Wohnzimmer, wo der Flügel steht. Tonis Keller ist besser. Da sind wir mehr für uns.

„Aber deinen E-Bass haben wir jetzt nicht mit, oder?“

„Nein, ich habe ihn letztes Mal bei ihr gelassen. Sie hat auch einen Verstärker, da muss ich meinen nicht mitnehmen.“

Meine Mutter denkt kurz nach.

„Ich schätze, eure Probe wird länger dauern als der Arztbesuch.“

„Ja, fahr ruhig heim, ich nehme dann den Bus.“

Wir müssen nur zweimal um den Block fahren, bis wir einen Parkplatz finden. Meine Urgroßmutter erwartet uns schon, und ich bin neugierig, von wem sie heute erzählen wird.

Georg, der Drachentöter: dein Urgroßvater, 1945 im Mostviertel

Sie beginnt immer mit einer Überschrift, als ob irgendjemand mitschreiben würde. Ich glaube, wenn sie alleine ist, beschäftigt sie sich die meiste Zeit damit, diese Geschichten in ihrem Kopf zu ordnen. Die autorisierte Fassung erzählt sie dann druckreif. Ich unterbreche sie nie. Ich möchte, dass sie immer weiter erzählt, aber es gibt jedes Mal nur eine Geschichte. Und keine Fragen.

Wenn sie selbst vorkommt, sagt sie nie „ich“. Immer ist es, als ob ihr früheres Ich jemand Anderes wäre als ihr heutiges Ich, als ob mit größer werdendem zeitlichen Abstand das Ich verschwimmt und jeder nur eine Rolle spielt, eine Figur in der Geschichte.

Ja, das ist schon eine Weile her. Das kann man sich heute gar nicht mehr vorstellen. Wer jung ist, zögert nicht. Man tut, was man tun muss. Manchmal kann man einfach nicht anders, egal, wie groß die Drachen sind.

Die Strenge der Eltern, der Schule, des Stiftsgymnasiums, all das verfehlt sein Ziel. Das Kind ist nicht gefügig zu machen, der Schüler nimmt Rückschläge in Kauf, und der junge Mann hält impulsiv und stur Kurs auf die eigene Vorstellung von der Welt, seiner Welt, wie sie zu sein hat, damit sein Spiegelbild ihm jederzeit beipflichten kann. Der Krieg vermag daran nichts zu ändern, beflügelt viel mehr seine Zuversicht, das Glück herausfordern zu können, immer einen Weg zu finden und durchzukommen.

Georg ist siebenundzwanzig Jahre alt und Unteroffizier. Er wollte nie Soldat werden, aber den Militärdienst kann man sich nicht aussuchen, wenn Krieg ist. Nach einem Lazarettaufenthalt kommt er in eine neue Abteilung, wo er einem alten Bekannten begegnet: Der Adjutant ist zwar sein Vorgesetzter, gleichzeitig sind sie aber auch Verwandte. Als Cousin darf sich Georg vertrauliche Gespräche mit ihm leisten und er weiß, dass er auf die alte Verbundenheit zählen kann.

Die ganze Familie war von Anfang an gegen die Nationalsozialisten. Seit dem Ende des Ersten Weltkriegs, seit Österreich keine Monarchie mehr und plötzlich nur mehr ein recht kleines Land war, wollten sie die neue Republik als eigenständiges Land. Mit dieser Haltung wuchs Georg auf. Viele im Land dachten aber, dass das kleine Österreich wirtschaftlich nicht bestehen könne und dass es sich mit Deutschland zusammenschließen sollte. Als 1938 die deutsche Wehrmacht in Österreich einmarschierte und der in Österreich geborene Adolf Hitler behauptete, „seine Heimat heim ins Reich" holen zu müssen, wollten sich Georg und mit ihm alle seine Freunde, seine Brüder und Cousins, ja sogar der alte Vater bewaffnen, um gegen den Anschluss zu kämpfen. Aber sie gehörten einer Minderheit an, und als sie im Radio die Rede des Kanzlers hörten, der nicht zum Widerstand aufrief, sondern nur traurig „Wir weichen der Gewalt!" sagte, gingen sie in kleinen Grüppchen enttäuscht nach Hause und mussten sich von den braunen Randalierern anpöbeln lassen. Die Nazis triumphierten und machten schon am ersten Tag klar, dass mit ihnen Unterdrückung, Mord und Totschlag einziehen würden.

Die neue Abteilung heißt „Artillerie Ersatz- und Ausbildungsabteilung". Sie ist eine Art Drehscheibe, die kranke oder verwundete Soldaten nach ihrer Genesung je nach Anforderung ausbildet und neuen Einsatzstellen zuteilt. Georgs Cousin, der Adjutant, ist der Sekretär des Hauptmanns und hat den besten Überblick. Er macht den jüngeren Cousin als Unteroffizier zum Sachbearbeiter für die Zuteilungen. So gehen sie gemeinsam daran, zuverlässige Österreicher, die schon 1938 gegen den Anschluss waren und seither für ein eigenständiges Österreich eintreten, krankzuschreiben und nur überzeugte Nazis zurück an die Front zu schicken. Dabei entsteht eine kleine österreichische Antinazi-Truppe, der vom Hauptmann der Abteilung stillschweigend der Rücken freigehalten wird und die auch im Geheimen den Kontakt zu zivilen Widerstandsgruppen pflegt. Dabei geht es um Sabotage, um Störaktionen, die die Nazis vom Erreichen ihrer Ziele abhalten sollen. Es geht aber auch um den Kontakt zu den näher rückenden Alliierten. Diese müssen erfahren, dass viele sie nicht als Feinde sehen, sondern als Befreier herbeisehnen. Während fanatische Nazianführer bis zum bitteren Ende sogar Kinder und Greise in einen aussichtslosen Kampf zwingen, bemüht sich der Widerstand darum, dass Menschenleben verschont werden, dass Städte geordnet übergeben und möglichst nicht durch Bombardierungen zerstört werden.

„Null Uhr: Ausrücken Richtung Osten", heißt es in dem Befehl vom Wehrkreiskommando, den der Funker Georg übergeben hat und den Georg nun dem Hauptmann vorlegen muss. Der wird blass.

„Wie ... Wie ist der Zustand der Straßen?", stammelt er.

„Das ist vollkommen unerheblich", antwortet Georg. „Wir rücken ab in die Berge."

„Wohin denn?", fragt der Hauptmann.

Der Adjutant meldet sich zu Wort: „In das Schloss. Der Unteroffizier und der Wachtmeister haben es bereits als Ausbildungsstützpunkt getarnt."

Der Hauptmann schweigt. Er muss nachdenken. Er hat es bisher immer verstanden, sich nicht zu exponieren, keinen Verdacht auf sich zu lenken. Einfach nur wegsehen bei den Plänen seines Adjutanten und Unteroffiziers und die beiden unbehelligt machen lassen ist aber etwas ganz anderes, als selbst offen zuwiderzuhandeln.

„Befehlsverweigerung?", formen lautlos seine Lippen.

„Der Albtraum geht zu Ende." Georg schaut den Vorgesetzten grimmig an und zischt ein fast unhörbares „Reißen Sie sich zusammen" durch die zugebissenen Zähne.

Nach kurzem Zögern fasst sich der Hauptmann und willigt ein. Er weiß natürlich auch, dass der Krieg nicht mehr lange dauern wird, aber gerade deshalb ist er vorsichtig und will nicht im letzten Moment noch Schwierigkeiten bekommen. Wer einen Befehl verweigert, überlebt das im Normalfall nicht.

„Die SS lässt die ganze Abteilung antreten", flüstert der Adjutant Georg zu, als sie das Arbeitszimmer des Hauptmanns verlassen.

„Ach so? Wen suchen die denn?"

Der Adjutant bleibt stehen, hält ihn am Arm fest und blickt ihm ernst ins Gesicht: „Wahrscheinlich jemanden, der mehrmals die Fernsprechverbindungen unterbrochen, zivile Widerstandsgruppen ausgerüstet und den Volkssturm mit falscher Munition beliefert hat."

„Kenne ich nicht." Georg verzieht keine Miene.

Sie gehen die Stiege hinunter.

„Weißt du", fährt der Adjutant fort, „dass dein Steckbrief am Amtsgericht aushängt? Gestern haben sie dort zwei Deserteure standrechtlich erschossen."

Georg beißt sich auf die Lippen. Verrat hat er nie befürchtet, wie auch sonst Besonnenheit und das Abwägen von Risiken nicht zu seinen Stärken gehören.

„Die werden langsam nervös", sagt er flapsig.

„Du nicht? – Alles rückt nach Westen ab, nur wir sollen im Osten die Stellung halten." Der Adjutant schlägt sich gegen die Stirn.

Georg schüttelt den Kopf. „Es wird Zeit, dass wir uns in den Bergen verstecken. Der Krieg ist bald aus, wir müssen an die Sicherheit unserer Leute denken."

Das Versteck in den Bergen ist gut gewählt: Das Schloss liegt entlegen, mitten im Wald, dort muss man nicht damit rechnen, abrückenden Truppenverbänden oder gar der SS zu begegnen. Von dort aus kann man auch im richtigen Moment die verschiedenen Bürgermeister, Postenkommandanten und sonstigen Befehlshaber der Nationalsozialisten absetzen und für eine geordnete Übergabe an die Alliierten sorgen.

„Wo ist deine Frau mit dem Kind? Wie alt ist der Kleine jetzt?", fragt der Adjutant.

„In einer Mühle nicht weit vom Schloss", antwortet Georg. „Emil ist zwei. Die Frau vom Wachtmeister ist auch dort. Die beiden sitzen wie zwei Drachen auf den Lebensmitteln aus dem Kaufhaus deines Bruders."

„Gut so", lacht der Adjutant, „damit werden wir eine Weile durchkommen."

Georg öffnet die Tür ins Freie, da zieht ihn der Adjutant schnell zurück und schiebt sich vor ihn. Gerade, als sie das Gebäude verlassen wollen, sehen sie, dass die SS offenbar den Gesuchten gefunden hat. Zwei SS-Männer führen den Wachtmeister ab.

Als um Mitternacht die ganze Abteilung nicht in Richtung Osten, sondern nach Süden in die Berge aufbricht, bleibt Georg mit einem kleinen Kommando und zwei Autos zurück. Sein Plan steht fest: Er wird nicht ohne den Wachtmeister gehen, den die SS an seiner Stelle verhaftet und in eine Zelle der Feldgendarmerie gesperrt hat.

Alles ist ruhig, als er den Stützpunkt betritt. Jemand hat wohl Geburtstag, oder gibt es sonst etwas zu feiern? Jedenfalls ist um drei Uhr Früh die komplette Mannschaft der Feldgendarmerie stockbesoffen. Keiner rührt sich, alle schlafen tief und fest. Ohne einen Schuss abzugeben kann er den Wachtmeister aus seiner Zelle holen, um mit ihm den anderen in die Berge nachzufahren. Die Nacht ist kalt und sternenklar, bald wird der Morgen grauen, und vielleicht bescheinen die ersten Sonnenstrahlen schon den ersehnten Frieden.

„Was? Was ist passiert?", schreit seine Frau auf, als er die Mühle betritt. Er sieht furchtbar aus, aber er schüttelt den Kopf und winkt ab.

„Das ist nicht mein Blut!", beschwichtigt er sie.

„Was ist passiert?", fragt sie noch einmal, die Hände vor dem Mund gefaltet. Das Kind wacht auf und weint.

„Wir haben ihn nur befreit, damit sie ihn dann erschießen!", sagt er müde und lässt sich erschöpft auf einen Stuhl sinken.

„Wen befreit?"

Er erzählt ihr alles, stockt immer wieder und blickt ins Leere. Auf dem Weg zum Schloss waren sie auf eine Gruppe Soldaten getroffen. Der Ranghöchste, ein General, forderte eine Erklärung von Georg.

„Wir sind Österreicher. Wir machen nicht mehr mit! Geben Sie mir Ihre Waffe."

Georgs Entschlossenheit und seine Montur mit rot-weiß-roter Armbinde, einem Maschinengewehr und zwei Patronengurten über den Schultern verfehlten ihre Wirkung nicht. Der General ergab sich.

„Im Schloss habe ich ihn dem Hauptmann übergeben“, erzählt Georg weiter.

„Und dann?“ Sie wird ungeduldig. Er erzählt so langsam.

„Er hat den General wieder gehen lassen.“

Sie kann es nicht fassen.

„Wieso denn?“, fragt sie entsetzt.

„Er hat gesagt, der Krieg ist vorbei, das sieht doch jeder, und man soll sich nicht gegenseitig behindern.“ Die Stimme versagt ihm beinahe.

Sie nickt, versucht zu verstehen.

„Naja, der Herr General wird auch lieber nach Westen marschieren und sich den Amerikanern ergeben, als hier auf die Russen zu warten“, sagt sie spitz. Das Kind beruhigt sich langsam.

Georg erzählt weiter. Jedem war klar, dass es sich um die letzten Kriegstage handelte, und jeder versuchte, irren Befehlen von Fanatikern zu entgehen. Man wollte sich wirklich nicht im letzten sinnlosen Aufgebot noch erschießen lassen. Als im Schloss alles vorbei schien, hatten Georg und der Wachtmeister sich auf den Weg zur Mühle gemacht, da gerieten sie unter Beschuss durch übereifrige Gefolgsleute des Generals, die ihnen aufgelauert hatten. Der Wachtmeister wurde getroffen und tödlich verletzt. Sein Blut war überall. Georg ließ sich aus dem Wagen fallen und in den Straßengraben rollen. Dort blieb er unentdeckt und versteckte sich bis zum übernächsten Tag im Wald. Dann war der Krieg wirklich aus.

„Und jetzt?", fragt seine Frau und zieht ihm den blutigen Mantel von den Schultern.

„Jetzt?" Er nimmt den kleinen Emil in den Arm. „Jetzt fordern wir das Glück heraus."

Kalte Vorspeise: dreierlei Fischpastete

Als endlich alle da sind, werden die Türen zum Salon geöffnet und die Gästeschar bewegt sich in Richtung Tafel. Wie ferngesteuert findet jeder sein Namensschild. Jeder weiß, wo sein Platz ist, das hat mit ungeschriebenen Gesetzen zu tun. Die Schilder hätte keiner gebraucht. Die Familie ordnet sich von selbst nach den einzelnen Linien, und die orientieren sich an meinem Urgroßvater und seinen Geschwistern, obwohl die alle schon gestorben sind und es eigentlich um meine Urgroßmutter gehen sollte. In Wirklichkeit ist es nie um sie gegangen, dafür ohne sie auch nicht.

Die Tafel hat mehrere Arme, wie ein Krake. An unserem Tentakel sitzen nicht nur meine Eltern mit uns Geschwistern, sondern auch mein Onkel Dominik mit seiner Familie und mein Großonkel Emil. Die anderen Krakenarme sind von Onkeln, Tanten, Cousins und Cousinen besetzt, die ich nicht so gut kenne. Das viele Besteck bringt niemanden aus der Ruhe. Mich auch nicht, ich kenne mich aus. Und nach der Nummer mit Levin habe ich sowieso einen Bärenhunger. Essen hilft fast immer, wenn man etwas runterschlucken muss. Eigentlich ein Wunder, dass ich so dünn bin.

Dann der große Auftritt meiner Urgroßmutter. Alle haben sich feierlich erhoben und die Blicke ihr zugewandt, als ob sie ihr damit einen roten Teppich ausrollen wollten. Ein leises Raunen geht durch den Raum.

Sie sieht wahrhaft prächtig aus und genießt jeden Schritt, so schwer er ihr auch fällt. Für den Rollator ist sie in diesem Augenblick zu stolz. Sie lässt sich nur von ihrem Lieblingsenkel stützen, und die letzten paar Schritte zum Tisch geht sie ganz frei. Sie spielt ihre Rolle wunderbar.

„Mach dir ein Gedankenfoto! Das ist ein historischer Moment“, flüstert mir mein Bruder zu.

„Wir lernen Geschichte, damit wir wissen, wer wir sind“, zitiere ich pflichtbewusst den Lieblingsspruch meiner Urgroßmutter. Sie liebt Zitate, und dieses ist von ihr selbst. Mein Bruder nickt, und auch meiner Schwester ist klar, dass wir uns an diesen Augenblick unser Leben lang erinnern werden. Irgendwann, wenn wir selbst alt und grau sind, werden wir erzählen: „Damals, beim hundertsten Geburtstag unserer Urgroßmutter ...“, und alle werden staunen und wir selbst werden auch ganz andächtig sein.

Während aber meine Geschwister diese gerade in die Welt gesetzte Erinnerung fein säuberlich und live in irgendein Regal ihres Gedankenarchivs übertragen, habe ich Sendeausfall. Testbild. Ameisenhaufen. In solchen Momenten sieht es in meinem Archiv wüst aus. Man kann gar nicht sagen unaufgeräumt. Das wäre ja noch was. Irgendwie bin ich immer der, der mit gemischten Gefühlen daneben steht, neben mir und neben meinem Platz, wo auch immer der ist. Die Sitzordnung ist da nur mäßig hilfreich.

Bei uns werden immer Reden gehalten. Kein Wunder bei einer Familie voller Anwälte. Da kann man nichts ganz normal diskutieren oder einfach seine

Meinung sagen, alles wird immer zu einem Plädoyer. Wer seine Rhetorik nicht in Schwung hat, kommt eben nicht zu Wort.

Etwas außer Atem bedeutet meine Urgroßmutter der versammelten Gästeschar, sich wieder zu setzen. Sie bleibt stehen und blickt in die Runde; so wie man in ein Klassenbuch schaut, um zu checken, ob alle da sind. Sie beißt die Zähne zusammen, als ob ihr das helfen würde, sich auf den Beinen zu halten. Der Kopf wackelt ein bisschen und sie wirkt leicht entrüstet darüber, dass tatsächlich einige fehlen – allen voran ihr Mann, mein Urgroßvater Georg, der vor ein paar Jahren mit fünfundneunzig gestorben ist. Ebenso schmerzlich fehlt ihre Tochter, meine Großmutter Lotte, die infolge viel zu frühen Ablebens ebenfalls nicht mitfeiern kann (Klassenbucheintrag Ende). Das ist eigentlich skandalös. Meine Urgroßmutter sieht das als persönlichen Affront gegen sich. Der Tod ist eine Frechheit, und um ihm das klar zu machen, lebt sie einfach weiter. Er soll sich an ihr die Zähne ausbeißen.

Die feuchten Augen zaubern irgendwo ein Leuchten hervor, und der Klassenbuchblick meiner Urgroßmutter weicht einem Lächeln. Der Kopf wackelt noch ein bisschen mehr, und sie sagt: „Herzlich willkommen, wie schön, dass ihr alle da seid.“ Dann plumpst sie in ihren Sitz, und die Kellner glauben, dass sie endlich servieren dürfen. Sie haben schon mit Tellern beladen in den Startlöchern gescharrt, ungefähr so wie die Klassenordner vor dem Läuten, wenn sie sich mit dem Tafellöschen beeilen, damit nicht die ganze Pause draufgeht.

Mein Großonkel Emil bremst die Kellner jedoch aus, indem er mit einer der vier Gabeln an sein Sektglas klopft. Ding, ding, ding! Er ist nicht nur der Erstgeborene meiner Urgroßmutter, sondern auch Onkel und Pate meiner Mutter und irgendwie unser Ersatzgroßvater, weil die Eltern meiner Mutter familienuntypisch früh gestorben sind. Er ist ein unglaublich feinsinniger Mensch und sagt nichts von all dem, was auch wahr wäre, zum Beispiel dass er dieses Festmahl bezahlt, weil das Vermögen seiner Mutter vom Seniorenheim verschlungen wird, oder dass all jene, die vielleicht irgendwelche Hintergedanken an eine Erbschaft verschwenden, sich getrost auf das Geburtstagfeiern konzentrieren könnten. Statt dessen heißt auch er alle herzlich willkommen.

„Liebe Familie", beginnt er seine Rede, „die ihr gekommen seid, um die gemeinsam gegangenen Abschnitte des bisherigen Lebensweges der Jubilarin in Erinnerung zu rufen und damit einen kräftigen Luftstrom in das Feuerchen ihrer Lebensfreude zu blasen. Danke euch dafür!"

Jetzt erst hat das Sesselrücken aufgehört und alle, sogar meine kleine Cousine, sind still und hören wirklich zu. Außer ihr bohrt allerdings niemand in der Nase, aber das sieht im Moment keiner, meine Tante auch nicht.

„... Das Leben ist nur ein Hauch, heißt es in Psalm 39. Ich möchte dieses Zitat aus dem Zusammenhang des Bibeltextes lösen, dem ‚Hauch des Lebens' das ‚nur' nehmen und sage: Der Luftzug der Gemeinsamkeit, das gemeinsame Erinnern, nährt die Flamme der Lebensfreude."

Mit dem Erinnern ist das so eine Sache: Ich „erinnere" mich an ganz vieles, woran ich mich eigentlich nicht erinnern kann, weil es lange vor meiner Geburt passiert ist – aber die Familienanekdoten werden im Erzählen am Leben gehalten, bis es so ist wie mit dem Babyalbum, wo man auch nicht mehr weiß, ob man sich an die Sache selbst erinnert oder nur an das Foto. Irgendwie sind in unserer Familie die Ahnen allgegenwärtig. Man ist in ständigem Austausch mit ihnen. Streng geheim natürlich und unsichtbar, denn die Welt da draußen, all die normalen Menschen sehen uns das nicht an, sie wissen rein gar nichts davon und ahnen nicht, wer wir wirklich sind. Da fällt mir ein, ich müsste mir eigentlich ein Totemtier zulegen ...

„Die Gemeinsamkeit bisheriger Wegstrecken macht es entbehrlich, jetzt zum Hunderter-Fest eine rituelle Jubeldarstellung der Lebensgeschichte auszubreiten. Ich möchte eine Erinnerung aus Jugendtagen ...", höre ich nur kurz aus der Rede meines Großonkels.

Ich klinke mich wieder aus und starre auf mein Gedeck, das unberührt vor mir liegt wie eine ungeschälte Zwiebel. Wir werden uns von außen nach innen arbeiten, Gang für Gang. Meine Mutter merkt, dass ich wegdrifte und legt mir die Hand aufs Knie, aber ich bleibe still sitzen. Ganz still. Meine Urgroßmutter wird lächeln und nicken und so tun, als ob sie alles verstanden hätte. Das meiste wird aber an ihr vorbei rauschen. An mir wahrscheinlich auch: Irgendwie stehen wir beide daneben. Ich bin zwar nicht schwerhörig, aber in meinem Kopf beginnt es zu dröhnen. Zu viele Leute. Zu viele Worte. Zu wenig Luft dazwischen. Von einem Hauch kann gar keine Rede sein. Und von Stillsitzen und Zuhören schon überhaupt nicht. Wenn jemand lange redet, stürzen mir die Sätze wie ein Wörter-Wasserfall in irgendeinen undurchsichtigen Nebel.

„... und dem Verlust von Fähigkeiten steht auch der Verlust von Illusionen gegenüber“, sprudelt es aus der Gischt. Ich denke über mein Totemtier nach. Der Gedanke lässt mich nicht los. Eigentlich habe ich ja gar nichts mit Tieren zu tun, und keiner von uns hat sich je ein Haustier gewünscht, nicht einmal meine Schwester, die sich gemeinsam mit meiner Mutter im Fernsehen jede Natur-Doku anschaut.

Obwohl, jetzt kommt es mir erst: Levin ist ja auch ein Tier, daran habe ich momentan gar nicht gedacht, weil er zuerst einmal Levin ist und nur so nebenbei auch ein Pferd. Die meisten Leute im Stall, nicht nur die kleinen Mädchen, behandeln ihre Pferde wie Plüschtiere und kleiden sich im Partnerlook. Wenn du eine blaue, grüne, gelbe oder pinke Reithose hast, dann müssen natürlich Satteldecke, Fliegenhaube und Gamaschen auch blau, grün, gelb oder pink sein, oder mit Sternchen oder was weiß ich. Und wenn beim Reiten mal etwas nicht klappt, dann heulen sie, weil das Pferd „schlimm ist und sie nicht mehr lieb hat“. Mannomann. Das würde mir nicht im Traum einfallen, und wenn doch, dann würde mir Levin nur den Vogel zeigen. Ich habe nicht einmal eine richtige Reithose. Levin ist das total egal, er redet auch so mit mir. Also er redet natürlich nicht wirklich, aber wir verstehen uns. In meinem Kopf ist, was er mir sagt, und in seinem Kopf ist, was ich ihm sage. Ganz einfach. Ich weiß gar nicht, wie ich ohne ihn … Verdammt, es ist zum Heulen. Ich krame ein Taschentuch hervor, putze mir die Nase und weiß jetzt, dass Levin mein Totemtier sein möchte. Dann kommt der Lärm zurück in meinen Kopf und ich bemerke, dass das Rauschen der vielen Worte gar nicht aufgehört hat, sondern immer weitergegangen ist.

Aus dem Redewasserfall von Großonkel Emil schäumt die Gischt hervor und Tropfen wie „altern" und „Reife" und „Jugendlichkeitswahn" spritzen mir wie eiskalte Nadeln ins Gesicht. Das Tosen wird noch ein bisschen lauter bei „die Reife deines Lebens genießen", aber dann reißt mich Applaus aus dem Wasserfall heraus, innerlich triefend wie Strandgut. Es wird wieder ruhig. Die Rede ist vorbei. Dank und Gratulationen werden ausgesprochen, Blumen überreicht.

Applaus. Was sonst. Alle sind ergriffen und wahrscheinlich auch besonders froh darüber, dass die Rede nicht allzu lange gedauert hat. Meine Cousine hat mit dem Nasebohren aufgehört, da nun endlich die Vorspeise serviert wird.

Die Fischpasteten interessieren mich nicht, der Salat auch nicht, aber ich hole mir vom Salatbuffet eine Schüssel Dressing zum Tunken für das Gebäck. Tut man eigentlich nicht, ist mir aber egal.

Plötzlich steht Großonkel Emil neben mir. Mein Nicht-Salat dürfte ihm egal sein, aber ich glaube, er erwartet sich, dass ich ihm zu seiner Rede gratuliere. Ich mache den Mund auf, aber es kommt nichts. Ich weiß nicht, was ich sagen soll. Irgendetwas Höfliches sollte es wohl sein.

Er schaut mich kurz an, dann sagt er: „Gut."

Ist das eine Frage oder eine Feststellung?

„Ja", nicke ich zurück und mache den Mund wieder zu.

„Ab jetzt ist es nicht mehr so formell. Jetzt stürzen sich alle auf das Essen." Es klingt, als ob er mich damit beruhigen wollte, aber vielleicht ist er auch selbst ein bisschen erleichtert.

„Ja", sage ich noch einmal. Und: „Die Rede war schön." Warum sage ich das jetzt?

„Oh, danke. Ich weiß gar nicht, ob irgendjemand zugehört hat", winkt er ab.

Erwischt.

„So wichtig ist das ja gar nicht", meint er weiter.

„Ach so?"

„Naja, wirklich wichtig ist nur einer." Er macht ein verträumtes Gesicht und nickt in eine undefinierte Ferne.

„Und wer ist das?"

„Der Drachentöter. Wer sonst?"

Das ist sein Vater, mein Urgroßvater. Ich frage mich, ob er jemals Papa oder Vati zu ihm gesagt hat, oder ob er immer nur „der Drachentöter" war.

„Aber der ist doch gar nicht hier. Geht ja gar nicht ..."

„Weißt du, man kann es sowieso nie allen recht machen, und darum sollte man sich überlegen, welchen Maßstab man anlegt und wessen Urteil wirklich zählt.

Wer soll mir nachher – zumindest in Gedanken – auf die Schulter klopfen?"

„Wie ein Lob oder eine Belohnung?"

„Wie ein Kompass."

„Mhm ..." Ich nicke und denke an den Kompass, den meine Mutter beim Wandern immer mithat. Sie braucht ihn nie, aber er muss trotzdem immer im Rucksack sein. Sie hat ihn gerne bei sich.

„Habe ich dir schon einmal die Geschichte von der einzigen Tracht Prügel meines Lebens erzählt?", fragt Großonkel Emil nach einer Weile.

„Nein!"

Er ist ein guter Geschichtenerzähler, wie die Urgroßmutter, aber er tüftelt nicht so lange an seiner endgültigen Version herum und lässt auch Zwischenfragen zu.

„Als ich noch sehr klein war, fand ich in einem Kasten den Stahlhelm meines Vaters. Ich wollte Soldat spielen und bastelte mir eine Uniform, in der ich dann durch die Wohnung stolziert bin. Blöderweise habe ich irgendwo ein Hakenkreuz abgezeichnet."

„Nicht gut, oder?", frage ich vorsichtig.

„Das kannst du dir denken", lacht er. „Ich hatte ja keine Ahnung ... Ich war erst vier oder fünf."

„Und er hat dich verhauen?"

„Ja, und wie. Ich habe meinen Vater nie wieder so zornig erlebt."

Ich habe ihn auch nur als sehr alten Mann gekannt, der immer recht lustig mit uns Kindern war. Ich habe aber auch bemerkt, dass alle immer ziemlich angespannt waren, wenn etwas nicht seine volle Zustimmung fand.

„Nennt man das dann gerechten Zorn?", frage ich.

„Irgendwie schon." Er zuckt mit den Schultern und lacht. „Du musst bedenken, dass wir heute noch in der Freiheit leben, die er damals mit anderen erkämpft hat. Das war keine Kleinigkeit! Viele haben dafür mit ihrem Leben bezahlt und einen Maßstab gesetzt, der immer noch gilt."

So habe ich das noch nie gesehen. Aber ob dieser Maßstab wirklich noch gilt, weiß ich auch nicht. Mir scheint, dass jede Generation seit dem Krieg ihre Bewährungsprobe gehabt hat, bei der es immer um Gut oder Böse, Held oder Nazi, Opfer oder Täter ging. Und meine Familie leitet ihre Großartigkeit daraus ab, dass sie immer auf der richtigen Seite gestanden ist. Ich schaue wohl etwas verdutzt drein, aber die Lektion ist beendet – nicht ohne den beruhigenden Hinweis, dass das mit dem Verhauen heute natürlich ein absolutes „No Go" ist. Er winkt mir wie zum Abschied und wendet sich dem Buffet zu.

„Na, was macht die Kavallerie?", bellt es mir über die Schulter, gerade als Großonkel Emil weggeht.

Oh nein, der sogenannte Lieblingsenkel baut sich vor mir auf. Wenigstens hat er das Sabberkalb nicht mit. Ich weiß überhaupt nicht, wieso meine Urgroßmutter ausgerechnet ihn zum Lieblingsenkel auserkoren hat.

„Äh, ich ..."

„Stimmt es, dass dein Gaul in die Wurst kommt?"

„Was? Also, er ist nicht ... er gehört eigentlich ..." Mist, warum stottere ich bloß so rum? Und warum weiß der schon wieder über alles Bescheid?

„Seit wann interessierst du dich für Pferde?"

Meine Mutter schiebt sich zwischen uns. Sie ist die eigentliche Kavallerie. Immer, wenn es eng wird, geht sie dazwischen, und das kann mitunter heftig ausfallen.

„Ich hab da was gehört ...", bremst er sich ein.

„Ja, es ist so ...", macht meine Mutter Nägel mit Köpfen, „dem Pferd wurde im Stall schimmliges Heu verfüttert und davon bekam es Asthma."

„Also vom Sportgerät zum Schlachtvieh." Ein hämisches Grinsen huscht über sein Gesicht. Der Vollidiot hat ja keine Ahnung. Arschloch!

Vor einem Jahr wäre Levin beinahe erstickt. Lea war total verzweifelt, und wenn Han nicht gewesen wäre, hätten wir ihn verloren. Han ist Tierarzt und seit kurzem Leas Mann. Eigentlich wollte ich ja Lea heiraten – mit neun oder so –, aber sie ist viel zu alt für mich, und Han ist wirklich cool.

„Kortison ist keine Dauerlösung, darum kommt er jetzt auf eine Alm. Vielleicht erholt sich seine Lunge dort. Nach dem Sommer wissen wir mehr." Damit beendet meine Mutter das Gespräch und wendet sich der Salatauswahl zu. Ich habe mich schon leise weggeschlichen, höre ihn aber noch weiter sticheln:

„Wird auch Zeit, dass der Bursche die Füße auf den Boden bekommt."

In einem Actionfilm würde man jetzt ein deutliches „Klick!" hören und wissen, dass der Ring von der Handgranate gezogen ist. Eisige Stille.

„Seine Füße sind genau dort, wo sie hingehören", antwortet meine Mutter mit einem Blick, der ihren Cousin, seine Granate und den ganzen Rest seiner Welt als Blindgänger identifiziert.

„Was hat er denn diesmal für Scheiße abgesondert?“, fragt mein Bruder besorgt, als ich mich etwas schlapp neben ihn setze.

„Ist doch egal ...“

„Hast du Mamas Blick gesehen?“, fragt meine Schwester aufgeregt. „Gruselig, oder?“

„Mhm.“

Mein Bruder dreht sich zu mir und boxt mich gegen die Schulter. „Du solltest halt auch mal das Maul aufbekommen und dich nicht immer darauf verlassen, dass die Kavallerie einreitet.“

„Mach ich ja gar nicht. War einfach alles zu schnell.“

„Schon gut. Ich mein ja nur ... “

„Ich muss nicht dauernd beschützt werden, okay?“

„Höchstens vor dir selbst.“ Ja, meine Schwester ist schlagfertig. Und leider hat sie fast immer Recht.

Ich brauche eine Pause. Jetzt schon. „Ich geh mal kurz Luft schnappen.“

„Ich komme mit“, sagt meine Schwester und springt auf. „Ich habe die Freundschaftsarmbänder im Auto vergessen.“

„Freundschaftsarmbänder? Für wen denn?“

„Für niemanden“, winkt sie ab, „nur als Zeitvertreib. Immerhin sind wir hier die Kinderanimation, oder?“

Im Kofferraum liegt ihr alter, gammeliger Bastelkoffer, den sie immer mitnimmt, wenn sie mit den Kleinen spielt. Er ist vollgestopft mit spaßigem Krimskrams und umgeben von einer „Streng-geheim-Aura“.

„Hey, super! Ganz vergessen, ich hab ja noch eine Notration Marshmallows.“ Sie reibt sich die Hände.

„Willst du die jetzt schon schlachten?“

„Ja, bevor Mama und Papa sie entdecken."

„Gute Strategie", finde ich. Unser Vater lässt alle Naschereien verschwinden, die nicht mindestens achtzig Prozent Kakaoanteil haben und bloß sugar-high machen. Und ich vermute: „Mama hasst Marshmallows nur deshalb, weil man sie nicht mit Messer und Gabel essen kann."

„Mama kann doch alles mit Messer und Gabel zerlegen, sogar deine Deutschlehrerin."

Wir lachen und stopfen uns die Marshmallows rein, da knattert ein Motorrad auf den Platz und dreht eine Runde.

„Schau mal, unser Lieblingscousin", sagt meine Schwester.

Wir nennen ihn – ironisch – so, weil sein Vater der sogenannte Lieblingsenkel unserer Urgroßmutter ist. Familie Liebling sozusagen. Seit gefühlt immer schon will er uns mit Fäusten beweisen, dass wir etwas haben, was eigentlich ihm gehört. Wir wissen noch immer nicht, was es ist, aber es muss etwas mit Herz und Hirn zu tun haben, meint mein Bruder.

„Glotz nicht so rüber, sonst kommt er noch her."

„Na und?", sie zuckt mit den Schultern.

„Den brauch ich jetzt echt nicht. Der ist das gleiche Arschloch wie sein Vater."

Wie muss man gepolt sein, dass man jede Lebenslage als einen Wettkampf sieht? Es geht doch nicht ständig darum, jemanden oder etwas zu besiegen, als ob man sich Sympathie erkämpfen könnte. Es ist doch genug Luft für alle da, möchte man glauben.

Meine Schwester macht auf verständnisvoll und

meint nur, dass das eben dabei herauskommt, wenn der Vater das Kinderzimmer mit einem Kasernenhof verwechselt.

„Die sind immer nur auf Streit aus.“ Mich schaudert es jetzt schon.

„Ach, du klärst das dann auf deine Art.“ Sie weiß, wie sie mir Mut macht.

Unser Lieblingscousin parkt genau neben uns ein, verstaut den Helm und zündet sich erst einmal eine Zigarette an. Die Lederjacke knirscht, als ob das eigentlich ihr Auftritt wäre.

„Na, Mädels.“ Er bläst uns den Rauch ins Gesicht.

„Soll das ein Gruß sein?“, fragt meine Schwester und wedelt sich vor der Nase herum. Sie stellt sich zwischen ihn und mich wie vorhin meine Mutter. Seit wann macht sie das?

„Es wird dir gar nichts nützen, dass du dauernd zu ihr fährst“, knurrt er mich an.

„Dreiundzwanzig Kilometer hin, dreiundzwanzig zurück“, fällt mir sinnigerweise ein.

„Machst einen auf Erbschleicher, was?“

„Aber es sind doch nur Geschichten ...“, sagt meine Schwester.

„Was für Geschichten?“ Er ist verwirrt.

„Die sie ihm erzählt. Es sind genug da. Du kannst dir auch welche abholen gehen.“

Er macht eine wegwerfende Handbewegung und nimmt einen tiefen Zug aus seiner Zigarette.

„Mein Vater ist der ältere. Ihr bekommt sowieso nichts vererbt, aber das checkt einer wie du ja nicht.“

Erben ist bei uns überhaupt kein Thema. Ich verstehe gar nicht, wieso ihn das immer so hysterisch macht.

„Brauchen wir das überhaupt? Wir sind doch Vegetarier“, sagt meine Schwester gespielt verständnislos zu mir. Das checkt wiederum er nicht, und in ihren Augen funkelt der Spaß, den ihr das Ganze macht.

„Hä? Bist du auch zu oft vom Schaukelpferd gefallen?“, fragt er meine Schwester.

„Hast du schon mal was von ‚Beziehung‘ gehört? Wir sind keine Aasfresser, das will ich damit sagen. Wir bevorzugen die Gegenwart, frisch und lebendig. Wir lauern nicht auf das danach“, erklärt sie spitz. „Du führst dich auf wie ein Leichenfledderer! Schäm dich!“ Und als ob sie irgendwo einen Schalter auf „kleines Mädchen“ umgestellt hätte, zieht sie eine Spritzpistole aus ihrem streng geheimen Bastelkoffer und erschießt seine Zigarette.

„Rauchen kann Ihre Gesundheit gefährden!“, kichert sie und läuft ins Haus.

Er zuckt zurück und wirft beinahe sein Motorrad um.

„Du blöde Kuh!“, schreit er ihr nach und wischt sich feuchten Aschematsch von der Lederjacke.

Pause.

„Glotz nicht so blöd!“ Er knallt mir eine und geht.

Während ich meine Brille aufhebe und gerade biege, frage ich mich nur eines: Warum habe ich keinen streng geheimen Bastelkoffer?

Moritz

„Puh, das ganze Auto riecht nach Pferd“, jammert meine Mutter, als wir vom Reitstall losfahren.

„Das ist Absicht und schützt vor Kontrollen.“

„‚Eau de Cheval, der letzte Schrei‘ oder so etwas in der Art wird Uroma sicher sagen, wenn du so auf ihrer Couch sitzt.“

„Ja, sie hält das schon aus“, versichere ich meiner Mutter.

„Was hast du denn noch so lange mit Lea besprechen müssen, dass wir gar nicht mehr nach Hause fahren konnten?“

„Naja, das Sedieren.“

„Was für ein Sedieren? Du meinst Narkose, Betäubung?“, fragt meine Mutter völlig verständnislos.

„Ja. Für Levin. Zum Verladen.“

„Aha.“ Sie kann sich keinen Reim darauf machen, schaut erst mal nur geradeaus und wartet, ob da vielleicht noch ein Funke Information durch die Windschutzscheibe hereinblitzt. Nichts.

„Wieso müsst ihr ihn denn zum Verladen sedieren? Normalerweise führt man ein Pferd doch in den Hänger rein und basta.“

„Ja, normalerweise, aber bei ihm geht das nicht.“ Ich weiß auch nicht, warum.

„Wieso nicht? Mit ihm kann man doch sonst alles machen. Der ist doch das bravste Pferd der Welt!“

„Im Normalfall ja, aber vor dem Hänger hat er totale Panik, da erkennst du ihn nicht wieder.“

„Ach du Schande." Sie schüttelt den Kopf.

„Aber ist das nicht gefährlich?", fährt es ihr plötzlich durch Mark und Bein.

„Han wird das schon machen."

„Wieso sagst du eigentlich immer Han? Leas Mann heißt doch Hans!"

„Toni und ich sagen Han – wegen Han und Lea!"

„Was? Wie? Han und Lea?" Sie versteht nicht, wen ich meine.

„Han Solo!", sage ich mit Nachdruck. Den kennt sie.

„Harrison Ford?", fragt sie in einem Ton, als ob ein kleines Mädchen Zuckerwatte geschenkt bekäme, doch sie hat sich gleich wieder im Griff.

„Er sieht ihm gar nicht ähnlich." Sie schüttelt energisch den Kopf.

„Nein, aber er ist so cool wie Han Solo und das S von Hans ist nur die Abkürzung für Solo."

„Aha. Na dann."

Eine Weile fahren wir ohne ein Wort. Ich kenne den Weg gut genug. Nichts zu besprechen, keine extra Anweisungen. Bei einer roten Ampel warten wir eine gefühlte Ewigkeit, als ob die Zeit mit uns stehen geblieben wäre. Null Verkehr. Nichts los.

„Und wie geht es dann weiter?", druckst meine Mutter schließlich heraus.

„Irgendwann wird die Ampel ja umschalten", sage ich.

„Nein, mit dem Reiten."

Sie weiß, dass ich sie richtig verstanden habe, aber mir fällt dazu nichts ein.

Ich weiß nicht, wie es weitergeht. Ich weiß nur, dass es sich beschissen anfühlt.

Moritz, dein angeheirateter Großvater, 1939 in Prag

So heißt die heutige Geschichte. Urgroßmutter meint ihren Schwiegersohn, den Mann ihrer Tochter Lotte, und ich frage mich, wie sie das wissen kann, wenn sie doch gar nicht dabei war, wenn sie doch zur selben Zeit mit Georg, dem Drachentöter, in Wien gelebt hat.

Ja, das ist schon eine Weile her. Das kann man sich heute gar nicht mehr vorstellen. Er war ja noch ein Kind, so behütet, und dann das. Bis zum Krieg hieß es noch, dass in Prag das schönste Deutsch gesprochen wird, aber heute ist das nicht mehr so.

Moritz sieht den Vater nicht mehr so regelmäßig wie sonst, und wenn er zu Hause ist und die Familie gemeinsam bei Tisch sitzt, schweigt er meistens. Nur noch selten erzählt der Vater lustige Geschichten aus seiner Kindheit, zum Beispiel wie er beim Essen Bücher unter die Arme klemmen musste, um Tischmanieren zu lernen, oder wie er mit einem gigantischen Blumenstrauß um die Hand der Mutter anhielt und dabei auch die Herzen der Schwiegereltern eroberte.

Meistens ist dem Vater nicht mehr nach Reden zumute. Er ist erschöpft von der Anstrengung, derer es bedarf, um sein Leben und die Existenz seiner Familie irgendwie zusammenzuhalten. Hinter seiner Stirn rasen Gedanken wie in Wirbelstürmen umher, die Lippen sind schmal, sein Blick voller Sorge, und nur wenn die Mutter das Wort an den Vater richtet, kann sie für wenige Augenblicke das gewohnte Lächeln auf sein Gesicht zaubern.

Alle Anspannung verschwindet dann aus seinen Zügen. Die Wärme in dem Blick zwischen ihm und seiner Frau scheint die Zeit stillstehen zu lassen und für einen kurzen Moment ist alles wieder in Ordnung. Doch nachts, wenn Moritz schon im Bett liegt, hört er nebenan die Eltern flüstern, und er nimmt sich vor, besonders folgsam und den Eltern eine Stütze zu sein, damit alles wieder gut wird.

Der Junge ist es gewohnt, dass sein Vater Geschäftsreisen unternimmt. Der Vater kennt viele Städte und noch mehr Menschen, er beherrscht alle ihre Sprachen.

„Du lebst so viele Leben, wie du Sprachen sprichst", sagt er gerne. Moritz nimmt sich das zu Herzen und ist ein bisschen stolz auf die gar nicht mal so wenigen Brocken Italienisch, die er in der Oper gelernt hat. Aber nun fährt der Vater nicht mehr so weit weg und bringt auch keine Geschenke mehr mit. Dennoch dauern seine Reisen lange, und das Gepäck des Vaters verwirrt Moritz. Einmal nimmt er Bilder von der Wand und packt sie ohne Rahmen in seinen Koffer, ein anderes Mal rollt er Kerzenleuchter und Silberbesteck in wertvolle Teppiche oder nimmt mehrere Stangen Zigaretten mit, obwohl er doch gar nicht raucht. Zurück kommt er fast immer ohne Gepäck, unrasiert und mit zerknittertem Hemd. Wenn er doch noch eine Tasche heimbringt, ist diese jedes Mal fast leer, nur ein paar Wäschestücke und einiges an Papier finden sich darin.

Die Wohnung bleibt gemütlich. Dafür sorgt die Mutter. Wenn man nicht weiß, wo etwas fehlt, fällt es gar nicht auf. Das Leben geht normal weiter. Man gehört immer noch dazu.

Einer der vielen Freunde seiner Eltern arbeitet beim Radio und kommt fast jede Woche auf Besuch, um sich Schallplatten für seine Sendungen auszuborgen. Moritz mag ihn besonders gerne, weil der Freund stets an eine kleine Überraschung für die Kinder und Blumen für die Dame des Hauses denkt. Er ist wie eine jüngere Version des Vaters, vielleicht ein bisschen beschwingter, wie ein Tänzer: ein gut gekleideter, humorvoller Herr, der mit jeder Pore seines Körpers Kultur atmet, der in der Musik zu Hause ist wie der Fisch im Wasser. Er bleibt auch diesmal zum Essen und erzählt Neuigkeiten aus aller Welt, darunter auch solche, die man eben nur wissen kann, wenn man beim Radio arbeitet. Nach dem Essen trinken die Herren ein Glas Cognac im Salon. Alleine. Sie besprechen irgendwelche Dinge, von denen Moritz nichts versteht. Auch die Mutter hält sich raus. Moritz lauscht nicht, das tut man nicht, aber er hört.

„Wie weit sind Sie mit Ihren Vorbereitungen?", fragt der Freund.

„Die Depots sind fertig."

„Wo?"

„Genua. Marseille." Der Vater nippt an seinem Cognac. War das schon die ganze Liste?

„Was ist mit der Schweiz?"

„Keine Chance auf Papiere."

„Und über die grüne Grenze?" Der Freund lässt nicht locker.

„Würden Sie mit zwei Kindern durch den Rhein schwimmen?", entgegnet der Vater.

Sie schweigen. Nach einer Pause sagt der Freund: „Viel Zeit wird Ihnen nicht mehr bleiben."

„Meinen Sie?" Er schenkt dem Gast Cognac nach.

„Können Sie sich auf Ihre Kontakte verlassen?"

Der Vater macht mit der Hand, die den Cognac temperiert, eine beiläufige Bewegung. „Man wird sehen ..."

Die beiden Herren stehen mit ihren Gläsern vor dem Fenster. Die schweren Vorhänge sind zur Seite gezogen und lassen warmes Licht herein. In den Sonnenstrahlen schimmern Staubkörnchen, die in der Luft stehen, als ob sie Ausschau nach einem Landeplatz hielten. Es ist still. Nach einer Pause spricht der Vater weiter, noch leiser als zuvor.

„Übrigens wollte ich Sie noch fragen ...", er stockt und senkt kurz den Blick, dann holt er tief Luft: „... ob Sie sich vielleicht um die Wohnung bemühen wollen?" Sein Blick bleibt auf dem Freund ruhen und rührt sich nicht. Kein Blinzeln. Nichts.

„Sie meinen ...?"

„Unser Eigentum wird zu einem Spottpreis an genehme Personen verhökert. – Sie wären mir sehr genehm ..."

Der Freund errötet.

„... und denen ist's egal, solange Sie ..."

„... arisch sind", beendet der Freund den Satz.

„In den Schubert-Hüllen sind große Scheine versteckt. Das sollte genügen."

„Ich bitte Sie, das kann ich nicht!", wehrt der Freund heftig ab.

„Passen Sie mir auf die Plattensammlung auf", spricht der Vater unbeirrt weiter, „und spielen Sie in Ihrer Sendung das Streichquintett, wenn alles geklappt hat."

Moritz versteht nichts von alledem. Es fällt ihm nur ein, dass die Eltern vor einiger Zeit sehr aufgeregt waren, als bei den Verwandten in Wien, die sie früher oft besucht haben, auch etwas mit der Wohnung war und dass da nun ein „Ariseur" wohnt. Was das sein soll, ein „Ariseur", weiß er aber nicht. Und wo die Verwandten jetzt wohnen, weiß er auch nicht. Sie haben lange nicht mehr geschrieben. Die Mutter hat den kleinen Bruder nach dem Essen niedergelegt und betritt nun auch den Salon. Moritz schaut ihr nach.

„Verzeihung, ich wollte nur mein Nähzeug holen."

Der Freund sieht sie bekümmert an, und als sie an ihm vorbeigeht mit der Nadel, der schwarzen Zwirnspule und dem gelben Stoff in der Hand, holt er tief Luft und sagt mit bebender Stimme:

„Gnädige Frau, bitte, Sie werden das nicht an Ihre Kleidung nähen."

Sein „Bitte" klingt hilflos. Im Salon tritt Schweigen ein. Die Mutter bleibt stehen und senkt den Kopf. Ihre Schultern heben sich und er sieht, wie der Vater ihre Hand ergreift, sie an sich zieht. Aus ihrer Hand fallen zerknüllte Stoffsterne. Moritz möchte am liebsten zu ihr laufen und sie fest halten.

Der Freund fasst sich. „Wir haben Nachricht wegen der Dokumente", fährt er fort.

Der Junge ist so verwirrt, dass er nicht bemerkt, wie er immer näher zum Salon kommt. Plötzlich steht er schon in der Tür. Die Erwachsenen schrecken auf und sehen ihn überrascht an. Sie wechseln Blicke, die Moritz nicht zuordnen kann. Der Freund scheint einen Gedanken abzuschütteln, lächelt ihm schnell zu und fragt übertrieben heiter: „Na, junger Mann, möchtest du wieder einmal in die Oper gehen? Dein Vater braucht eine Vertretung, und du bist bestimmt schon ein guter Gastgeber."

Der Vater bittet Moritz also, ihn zu vertreten und einen Geschäftspartner in die Oper zu begleiten. Er und seine Gemahlin behandeln Moritz ebenso höflich, wie sie es seinem Vater gegenüber gewesen wären, obwohl der Junge erst neun Jahre alt ist. Die Mutter hat ihm den neuen Anzug hergerichtet, das Stecktuch noch einmal gebügelt, die Krawatte gebunden. Die Schuhe sind auch frisch geputzt. Moritz steckt die Karten ein, kümmert sich auf Geheiß des Vaters rechtzeitig um das Programmheft und führt die Gäste zu der Loge, in der er mit den Eltern sonst auch immer sitzt. Er hilft der Dame aus dem Mantel. Sie schenkt ihm ein freundliches Lächeln und beginnt im Programmheft zu blättern, während ihr Mann ein strenges Gesicht macht und durch den Saal schaut, als würde er Parkett und Ränge nach etwas oder jemandem absuchen. Wer es nicht besser weiß, könnte den Jungen und das fremde Ehepaar für eine normale Familie halten, für Eltern, die dem Sohn einen Opernbesuch schenken. Moritz liebt die Oper, zu Hause summt er beim Hausaufgabenschreiben immer seine Lieblingsarien. Er kennt sehr viele. Manchmal steht er auch vor dem Plattenspieler und dirigiert, aber nur in der Oper spürt er diese Luft, inhaliert diesen magischen Duft. Nun lässt er sich ganz und gar davontragen vom Zauber der Musik und der Bühne. Die Zeit vergeht wie im Flug. Am Ende bekommt er das Programmheft zurück.

„Hier, zur Erinnerung", sagt die Dame sanft.

„Vielleicht möchte dein Herr Vater auch einen Blick hineinwerfen", ergänzt der Herr.

Moritz nimmt das Heft und spürt etwas Festes unter dem Umschlag. Als er es öffnet und ein Kuvert darin findet, blickt er die Dame fragend an. Schnell legt sie ihre Hand auf seine und schließt das Heft sanft, aber bestimmt mit einem leicht angedeuteten Kopfschütteln.

Der Herr wirft ihm einen Blick zu, und Moritz steckt das Programmheft in seine Manteltasche.

Zu Hause gibt er es dem Vater. Der sieht ihn ernst an und nickt, als ob er eine lang erwartete Antwort bekommen hätte. Er legt Moritz die Hand auf die Schulter und sagte leise: „Wir verschwinden."

Die Mutter hat schon längst für jeden einen kleinen Koffer gepackt. Der Junge hat nichts davon bemerkt, nur in letzter Zeit ein paar Bücher vergeblich gesucht. Er weiß auch nicht, dass sie in den Saum seines Mantels Geldscheine eingenäht hat. Und er hat keine Vorstellung davon, was „Verschwinden" bedeutet.

Im Zug herrscht dichtes Gedränge. Sie haben mit Müh und Not ein Abteil ergattert. Betrunkene Soldaten kontrollieren die gefälschten Papiere, die sie dem Vater grob aus der Hand gerissen haben. Der bleibt ganz ruhig sitzen und sieht dem Soldaten gerade ins Gesicht. Nicht mit gesenktem Blick, aber auch nicht erhobenen Hauptes. Ganz gerade. Einer von ihnen hebt den kleinen Bruder in die Höhe und fragt ihn grölend mit rotem Gesicht: „Na, kleiner Mann, wohin geht's denn?" Der Kleine ekelt sich nicht vor der stinkenden Fahne, strahlt den Mann nur freundlich an und brabbelt unverständliche Worte in Babysprache. Das findet dieser süß. Er tätschelt seine roten Bäckchen, die ihn vielleicht an ein eigenes Kind zu Hause erinnern, und setzt ihn wieder hin. Die Mutter blickt starr aus dem Fenster und mümmelt an Keksen, damit keiner sehen kann, dass sie Schmuck im Mund versteckt. Der Vater hat eine Flasche Cognac auffällig im Abteil positioniert. Sein Plan geht auf: Die Soldaten nehmen sich den Cognac und gehen zufrieden weiter. Die Lippen des Vaters sind violett. Später heißt es, dass er im Zug einen Herzinfarkt hatte.

Warme Vorspeise: weißer Spargel mit Sauce Hollandaise

Jemand flüstert mir ins Ohr: „Nimm nicht zu viel Brot, sonst bist du schon zur Suppe voll."

„Toni?!" Was für eine Überraschung!

„Kommst du von Levin? Du hast Stroh im Haar."

„Haare waschen ist sich nicht mehr ausgegangen."

„Und? Wie geht's ihm?"

„Sie bringen ihn gerade weg."

„Oh." Sie nickt und seufzt leise.

Mein Onkel Dominik blickt fragend über den Rand seiner Brille. Meine Mutter bemerkt zuerst seinen Blick und dann, dass ich mit der Kellnerin rede, die ihre Hand auf meine Schulter legt. Da erst erkennt sie sie: „Antonia?"

„Praxis. Drei Wochen. Ja, anstrengend, aber okay." ist die Lage schnell erklärt, und meine Mutter freut sich über die unvermutete Begegnung. Sie hat Toni seit der Volksschule nicht mehr gesehen.

„Kann ich Ihnen noch etwas bringen?", fragt Toni meinen Onkel.

Toni gehört zu den Menschen, die auf Äußerlichkeiten keinen Wert legen; denen total egal ist, ob meine Ed Sheeran-Frisur nach Ed Sheeran aussieht oder wie die totale Abwesenheit einer Frisur. Und von solchen Menschen habe ich genau einen.

„Wieso hast du mir nicht gesagt, dass du heute hier bist?"

„Ich wusste ja nicht, dass das eure Party ist."

„Party? Du bist gut."

„Bist du mit denen allen verwandt?", fragt sie staunend.

„Ich fürchte ja, zumindest wenn man die Angeheirateten auch dazuzählt."

„Wahnsinn."

„Das kannst du laut sagen."

„Lieber nicht."

In mir steigt Unbehagen auf. „Du, aber das geht nicht ..."

„Was denn?"

„Ich kann mich doch nicht hier von dir bedienen lassen die ganze Zeit?"

„Wieso nicht? Das ist wie im Theater: Spiel halt deine Rolle."

„Und die wäre?"

„Keine Ahnung. Feuerschlucker? Eisbär? Such dir was aus."

Das ist es ja gerade! Kann man sich das überhaupt aussuchen? „Ja, vielleicht eine Kastanie, die vom Baum herunterfällt und in ihrer Stachelschale durch die Gegend kullert."

Sie lacht. „Das würde dir so passen! – Ich muss weiter. Wenn dir fad wird, kannst du mich ja in der Küche besuchen kommen."

„Darf man denn da rein als Gast?"

„Nein, natürlich nicht."

„Hä?"

„Scherz. Komm einfach zur Hoftür. Bis später." Und damit stellt sie mir schwungvoll den Spargelteller vor die Nase.

Ich war gerade erst in die Schule gekommen und hatte schnell bemerkt, dass das nichts für mich war. Die Lehrerin war riesengroß und hatte eine so mächtige Stimme, dass bei jedem Wort die Wände wackelten. Sie war mit einem glücklichen Händchen ausgestattet, das alle noch so guten Absichten in reine Katastrophen münden ließ. Die Eltern bemerkten davon nichts und dachten sogar, dass die Lehrerin besonders engagiert war. Das Nicht-Funktionieren ihres Unterrichts führte sie auf die vielen Defizite der Kinder zurück. In unserer Klasse hatte ihrer Meinung nach jedes Kind entweder Legasthenie oder Dyskalkulie oder ADHS oder war Autist, wahrscheinlich Asperger; aber das sollten die Eltern lieber noch abklären lassen. Also liefen sie alle brav zu irgendwelchen teuren Diagnoseterminen, die in den meisten Fällen genau gar nichts ergaben, und wenn doch, dann gab es sowieso keine Therapieplätze, sondern ein halbes Jahr Wartezeit oder was weiß ich. Uns Kindern kam das auch nicht komisch vor, wir kannten es ja nicht anders. Jedenfalls konnte ich nicht still sitzen, und Toni neben mir hatte schrecklich Angst vor der Lehrerin. So wurden wir beste Freunde: Sie machte mich ruhiger, und ich nahm ihr die Angst.

„Benjamin und Antonia haben damals in der Volksschule als Einzige aus der Klasse die Schule gewechselt", erklärt mein Vater. „Die anderen wollten es dann doch nur mehr aussitzen."

Mein Onkel und meine Tante machen ernste Gesichter, als ob von einem Vulkanausbruch mit massiven Verwüstungen und gigantischen Opferzahlen die Rede wäre. Da war doch was. Sie erinnern sich dunkel.

„Blöd für das letzte Jahr vor dem Gymnasium, aber bei dieser didaktischen Bankrotterklärung ging es nicht anders“, redet sich meine Mutter in Rage.

Mein Vater tätschelt wie zur Beruhigung ihre Hand, aber sie kommt in Fahrt.

„Es hat so lange gedauert, bis endlich alle kapiert haben, dass nicht ihre Kinder Probleme haben, sondern dass die Lehrerin das Problem ist. Ein exorbitanter pädagogischer Super-GAU!“

Ich kann mich gar nicht mehr so genau daran erinnern. Ich weiß nur noch, dass wir damals bei vielen Therapeutinnen waren, die alle ganz betuliche Gesichter machten, während wir irgendwelche Spiele spielten. Es war zuerst recht lieb und dann doch irgendwie fad und am Schluss eigentlich nur blöd.

„Alle rennen sich irgendwelche Diagnosen abholen, die erklären sollen, warum es nicht gleich flutscht, und dann zahlen sie sich dumm und dämlich, bis schließlich doch nichts herauskommt bei dem ganzen Zirkus!“

Die Erinnerung an diesen Teil meiner Schulkarriere weckt in meiner Mutter anscheinend traumatische Erinnerungen. Mein Onkel kann das gut nachempfinden, er hat selbst einige schulische Ehrenrunden gedreht. Meiner Tante kräuseln sich Zukunftsängste auf die Stirn. Ihre Kleinen gehen ja noch nicht in die Schule. Sie wissen noch nicht, dass man dort auf eine Bühne geschubst wird, auf der man performen muss und dass die Eltern den Dauerstress haben, ihr Kind könnte nicht entsprechen, unangenehm auffallen, sich seltsam benehmen oder schlicht anders sein. Wenn man so systemkompatibel ist wie meine Geschwister, kann Schule auch Spaß machen, sonst eher nicht so.

„Jedenfalls ist nur ganz wenig und nichts wirklich herausgekommen“, beschwichtigt mein Vater. „Er braucht manchmal einfach mehr Luft.“

Wieder eine Katastrophe, die doch nicht stattgefunden hat.

Aber weil es ja nicht schaden könne, hat Tonis Mutter dann meiner Mutter den alles entscheidenden Tipp gegeben: In dem Stall, wo sie ihre beiden Isländer stehen hat, gibt es eine Physiotherapeutin mit eigenem Therapiepferd. So lernte ich Lea und Levin kennen. Levin war dann zuerst mein Coach und bald darauf mein allerbester Freund. Außerdem war der Stall ganz in unserer Nähe. Bei schönem Wetter fuhren meine Mutter und ich mit dem Rad hin und meine kleine Schwester konnte auch mit. Bald durfte ich sogar alleine über die Feldwege fahren. Die Pferde waren auch der Grund dafür, dass Toni und ich uns weiterhin trafen, obwohl wir später nicht mehr in dieselbe Schule gingen.

Mein Onkel bittet Toni um eine Schale warmes Wasser mit einem Stück Zitrone. „Eine Fingerbowle, gerne“, antwortet sie und macht sich auf den Weg. Er strahlt über das ganze Gesicht und wirft mir einen anerkennenden Blick zu, als ob er sagen wollte: „Hurra, eine von uns!“ Eine, die weiß, dass man Spargel auch in die Hand nehmen darf und deshalb nach dem Essen eine Fingerbowle braucht.

Er und meine Mutter sind als Kinder von Hotelfachleuten im Dunstkreis von Luxushotels aufgewachsen, genauer gesagt an korrekt gedeckten Tischen. Spanisches Hofzeremoniell sozusagen. Man konnte sich gehörig blamieren, wenn man zum Beispiel den falschen Wein zum Essen bestellte oder das falsche Besteck benutzte. In der Welt, durch die ich die meiste Zeit laufe, ist das genau umgekehrt: Zumindest sollte man sich in der Schulkantine nicht unbedingt eine Serviette auf den Schoß legen, und es wäre auch sehr komisch, wenn sich die Herren – welche Herren? – jedes Mal erheben, wenn eine Dame – welche Dame? – den Tisch verlässt. Ehrlich gesagt vermisse ich auch keine frisch gewaschenen und gestärkten Tischtücher. Die riechen oft so säuerlich nach Essig und verderben mir den Appetit.

„Jetzt schaust du aus wie unser Vater!", lacht meine Mutter ihren Bruder an. „Er war am glücklichsten an einem formvollendet gedeckten Tisch."

„Und in der Oper!", nickt Onkel Dominik nachdenklich. Das ändert ganz plötzlich die Stimmung.

„Ja, da kamen ihm oft die Tränen: in der Oper und beim Schubert Streichquintett."

Weht da ein Hauch von Sentimentalität über den Tisch zu mir herüber? Es sind immer das Essen und die Oper, die etwas auslösen, das alle ganz plötzlich und unvermutet innehalten lässt. Standbild mitten im Video. Kurze Irritation, aber dann geht es gleich weiter.

Meine Schwester hat ihr Gedeck umgebaut. Suppenlöffel und Gläser nach links. Dessertbesteck umgedreht.

Sie ist Linkshänderin und distanziert sich vehement von der Tyrannei der Rechtshänder. Bei ihr kommt so etwas immer total souverän rüber. Niemand käme auf die Idee, ihr etwas zu verbieten.

„Wisst ihr, was unserem Vater ein gedeckter Tisch bedeutete?“, fragt meine Mutter leicht dramatisch in die Runde, als ob sie uns endlich über ihre wahre Identität aufklären, Superkräfte enthüllen oder sonst ein Geheimnis lüften wollte.

„Entkommen sein! Überlebt haben! Nicht wie das Volk Israel beim Exodus angezogen und im Stehen, eigentlich schon im Weggehen essen, sondern sitzend, in Ruhe und Frieden. Zeit haben!“

Mein Vater seufzt. Er ist in Versuchung, die Sauce Hollandaise von seinem Teller zu schlecken, aber er weiß, was er meiner Mutter zumuten kann. Sie besteht auf Tischmanieren, sogar beim Campen. Für sie ist eine Stoffserviette so etwas wie eine magische Verbindung in die Welt ihrer Kindheit, ein Anker, der sie an ihrer Herkunft festmacht und der sie daran erinnert, wer sie ist. Ohne ihn würde sie wahrscheinlich innerlich zerbröseln, und nur ihr Bruder versteht das. Er hat denselben Tick.

Mein Onkel tunkt seine Spargelfinger in die Fingerbowle, trocknet sie ab und fistelt mit sauberen, fettfreien Fingern ein Buch aus seiner Tasche. Er schlägt es auf und schreibt mit Füllfeder – natürlich mit Füllfeder, auf keinen Fall mit Kugelschreiber! – etwas auf die erste Seite.

„Zeichnest du mir ein Pferd? Mit Geschichte?“

Meine kleine Cousine knallt einen Block auf meinen Brotteller.

„Wie? Soll ich die Geschichte dazu zeichnen?“

„Nein. Erzählen.“ Sie klettert auf meinen Schoß, räumt dabei das halbe Gedeck ab, und ihr Gesicht sagt so in etwa: „Was ist denn daran so schwer zu kapieren.“

„Okay. Stifte her.“

Sie kramt in ihrer Kindergartentasche und legt mir rosa und hellblau hin. Ich beginne zu zeichnen.

„Also, das ist Maja. Sie ist schon sehr alt und fast blind.“

„Wieso hat sie nur ein Auge?“

„Am rechten hatte sie einen Tumor. Der Tierarzt musste das Auge wegoperieren, und jetzt ist dort nur mehr eine kleine Grube mit Fell drüber.“

„Muss sie sich jetzt immer im Kreis drehen, damit sie alles sieht?“

„Nein, das linke Auge ist auch fast blind, aber sie ist so alt und weise, dass sie jeden Weg kennt, auch wenn sie ihn nicht sieht.“

„Sie ist aber rosa.“

„Weise heißt gescheit. Das geht in jeder Farbe.“

„Noch eins.“

„Okay, das ist Fengur. Er ist Majas Sohn. Auch nicht mehr der Jüngste, aber er spielt gerne Fußball.“

„Warum heißt der so komisch?“

„Weil er aus Island kommt.“

Toni ist wieder da und räumt die Brotteller ab. Sie weiß, dass ich mit kleinen Kindern gut kann.

Es ist mir trotzdem ein bisschen peinlich vor ihr,

und dass es mir ein bisschen peinlich ist, ist auch irgendwie peinlich. Blöd. Vielleicht ist es nur diese Vermischung von zwei Welten, von der Familien-Welt und unserer Pferdestall- und Bandwelt, die ich nicht auf einen Nenner bekomme.

„Schau, das sind Maja und Fengur", sagt meine Cousine ganz stolz.

„Ja, ich habe sie sofort erkannt." Toni lächelt, und mir wird ein bisschen warm im Gesicht, weil ich ihre Pferde gezeichnet habe.

„Vielleicht zeichnet Ben dir Levin auch noch dazu. Der wohnt nämlich bei den beiden und ist ihr bester Freund." Und schon ist sie wieder weg.

Nein, Levin will ich nicht zeichnen. Dabei müsste ich zu viel an ihn denken, an jedes Detail von ihm, das mir jetzt schon fehlt. Aber ich zeige meiner Cousine ein paar Fotos, die ich am Handy habe.

Seit Levin Asthma hat, kann Lea keine Turniere mehr mit ihm reiten, aber zum Glück hatte sie ihn auch zum Therapiepferd ausgebildet. Lea ist Physiotherapeutin, und ihre Patienten haben ganz verschiedene Krankheiten, bei denen es immer irgendwie darum geht, dass sie zittern oder umfallen oder einfach keine Kraft haben. Auf Levins Rücken ist das dann fast wie weggeblasen. Er borgt ihnen seine Kraft. Das Schöne ist, dass man zum Kraftausborgen nicht richtig reiten können muss. Also, es schadet nicht, wenn man es kann, aber man muss nicht, und man muss sich auch nicht verkleiden mit engen Hosen und glänzenden Stiefeln.

„Uiuiui, der ist aber groß!", staunt meine Cousine.

Auf dem Foto sieht man, wie ich mit Levin durch das Tor der Koppel komme. Mein Kopf ist ungefähr dort, wo sein Hals beginnt.

„Das ist ein paar Jahre her, da war ich noch etwas kleiner."

„Hast du keine Angst gehabt?"

„Nein, wieso?"

„Dass er dich frisst oder niederrennt oder so?"

„Nein, Lea war ja dabei. Außerdem fressen Pferde nur Gras und Heu. Sie sind Fluchttiere."

„Weil man mit ihnen gut flüchten kann?" Sie weiß gar nicht, wie recht sie mit dieser Vermutung hat, nur anders, als sie es meint.

„Nein ... obwohl ja, eigentlich geht auch das sehr gut."

Meine Mutter hatte schon ein bisschen Angst, dass etwas passiert. Reitunfälle kommen ja oft genug vor. Mein Vater machte sich nie Sorgen. Er fand es lustig, dass die Pferde auf der Koppel so entspannt wie auf einer Cocktailparty herumstehen. Es hätte ihn nicht gewundert, wenn eines ihn sanft schnaubend gefragt hätte: „Und, was machen Sie so beruflich?"

„Lea hat mir Pferdisch beigebracht."

„Was?"

„Pferdesprache. Ich kann ihn zum Beispiel zu mir herholen oder wegschicken, ohne ein Wort zu sagen."

Wenn du ein kleiner Knirps bist, den alle für behindert halten, nur weil du die Schule für behindert hältst, dann ist es das Coolste der Welt, wenn dich ein Sechshundert-Kilo-Pferd einfach versteht. Und auch wenn du kein kleiner Knirps mehr bist: Es funktioniert immer noch so, dass du ganz ruhig wirst und leicht wie eine Feder. Der Kopf wird frei. Du hebst ab aus dem ganzen Lärm, bis du irgendwann bei dir selbst ankommst. Das klingt vielleicht kitschig, aber kitschig ist etwas nur, wenn es nicht echt ist. Das ist total echt.

„Hast du auch Fotos, wo du reitest?"

„Ja, mal sehen ..." Ich scrolle durch, Bilder an der Longe und frei, mit und ohne Sattel, mit und ohne Zaumzeug, beim Baden im Fluss. Die letzten sind schon relativ aktuell, da bin ich nicht mehr so klein. Und bei einem sieht man, wie ich als Pferdeführer bei der Hippotherapie mitarbeite. Ich führe Levin, und unser Patient macht seine Turnübungen, während Lea ihn anleitet und sichert. Mein Job ist es, darauf zu achten, dass Levin ruhig und gerade weitergeht. Das würde er aber ohne mich sicher auch machen. Glaube ich jedenfalls.

„He, das ist doch verkehrt!" Meine Cousine schlägt sich an den Kopf. „Wieso sitzt du denn da verkehrt?" Das kommt ihr wie das Verrückteste der Welt vor.

„Naja, wenn du ganz viel Lärm im Kopf hast, ist das die beste Art, wie du ein bisschen Luft bekommst und wie es wieder still wird."

„Echt?"

„Ja, sicher. Das musst du einmal ausprobieren."

„Aber da siehst du ja nicht, wo du hinreitest!"

„Das nicht, aber dafür siehst du, wo du schon warst." Eigentlich wollte ich sagen: „Du siehst, was du schon hinter dir hast", und ich denke an alle meine Doch-nicht-Katastrophen, die wohl für das eine oder andere graue Haar am Kopf meiner Mutter zuständig sind.

Mein Vater hält sich da raus, indem er vorsichtshalber kaum mehr Haare hat.

Manchmal ist es eben sehr beruhigend, wenn dich jemand trägt, dem du vertrauen kannst und dem du vor allem nichts vormachen musst, weil das einerseits gar nicht geht und weil er anderseits auch keine Erwartungen an dich hat.

Lotte

„Mama ist schon dort, du fährst dann mit ihr heim“, sagt mein Vater zum zehnten Mal. Es klingt mehr wie eine Frage als eine Planbesprechung.

„Ja, ich weiß. – Bleibst du noch ein bisschen?“

„Nein, ich glaube nicht.“ Er zögert. „Wir müssen noch aufbauen, Soundcheck und so …“

„Hilfst du uns, wenn wir unseren ersten Auftritt haben?“, frage ich vorsichtig.

„Natürlich! Wann ist es so weit?“

„Weiß nicht, unsere Setlist ist noch zu kurz.“

„Okay“, sagt er mit einem Schulterzucken. „Ich hab dir übrigens einen Satz neue Saiten auf den Schreibtisch gelegt. Probier die mal, die sind super. Du wirst keine anderen mehr wollen.“

„Oh, Danke! Hoffentlich zieh ich sie richtig auf.“

„Na sicher. Du machst das schon.“

Wir sind fast da und kurven schon zum zweiten Mal um den Block. Hinter uns fährt einer weg. Hoffentlich ist der Parkplatz noch frei, wenn wir gleich noch einmal daran vorbei kommen.

„Probt ihr auch einmal bei uns?“, fragt er schließlich. „Ich würde euch gerne wieder hören.“

„Bei Toni im Keller ist es praktischer.“

„Ach so, ja. Aus deiner Klasse ist niemand dabei, oder?“

„Nein, und das ist auch gut so,“ antworte ich schneller als beabsichtigt.

„So schlimm?“

„Schule halt.“ Was soll ich ihm da groß erklären?

Er deutet mit dem Finger auf die Parklücke, die Gott sei Dank frei geblieben ist. Ich parke ein. Mein Vater trägt den Kilometerstand ins Fahrtenprotokoll ein und wir unterschreiben ordnungsgemäß. Alles hochoffiziell. Als er aussteigt, hält er die Autotür noch eine Weile fest und schaut mich an.

„Nur Schule!“, sagt er mit Nachdruck über das Autodach zu mir herüber.

„Wie, ‚nur Schule‘?“

„Denk dir immer ein ‚nur‘ dazu.“

„Hilft das?“

„Ich glaube schon. Zumindest hilft es deiner Mutter.“

„Die muss ja nicht hingehen“, sage ich zähneknirschend. Meine Mutter regt sich über schulische Angelegenheiten immer so furchtbar auf, als ob jede Forderung an mich ein Angriff auf sie wäre.

„Okay, zum nächsten Elternsprechtag gehe ich“, sagt er, als ob er sich geschlagen geben würde. Vielleicht trägt das ja zur Entspannung bei.

Wir knallen gleichzeitig die Autotüren zu und gehen ins Haus. Bevor wir die Wohnung meiner Urgroßmutter betreten, macht mein Vater ein paar Dehnungsübungen. Seine Gelenke knacksen, er atmet tief durch und wirft mir einen aufmunternden Blick zu.

„Hurra, mein bester Schwiegerenkel lässt sich auch mal wieder blicken!“, ruft meine Urgroßmutter uns, also vor allem meinem Vater, entgegen. Kunststück. Er ist ja der einzige Schwiegerenkel neben zwei

Schwiegerenkelinnen. Und ja, er macht sich rar, aber das ist kein Fehler. Meine Mutter beackert die Niederungen des Alltags. Er ist für den Frohsinn zuständig.

„Eure Hoheit, stets zu Diensten", antwortet er mit einer galanten Verbeugung. Dabei zupft er mich am Ärmel und will, dass ich es ihm gleichtue. Sie muss lachen und schüttelt den Kopf, als ob das die beste Clownerie aller Zeiten gewesen wäre.

Und zu mir sagt er so leise, dass sie es nicht hört: „Wir sind die Hofnarren."

„Wir?", frage ich ihn.

„Wir Musiker." Das klingt gut. Ich wusste gar nicht, dass er mich mit einschließt.

„Aber was bringt uns das? Was hat man denn davon, wenn einen keiner ernst nimmt?"

„Narrenfreiheit."

Meine Mutter kommt mit einem Stapel Handtücher aus dem Nebenzimmer. Meine Eltern nicken einander zu und bekommen kleine, geheime Lachfalten, die man fast nicht sieht. Damit ist der ganze Plan für den restlichen Tag abgesprochen.

„Eure Hoheit, ich stelle Euch meinen Knappen zum Geleit." Er nimmt mich an den Schultern, schiebt mich zu meiner Urgroßmutter und drückt mich sanft in die Couch.

„Ach, gehst du schon wieder?", fragt sie enttäuscht.

„Die Pflicht ruft."

Er gibt ihr einen Handkuss, zwinkert meiner Mutter zu und ist schon wieder draußen bei der Tür.

Lotte, deine Großmutter, 1966 in Wien

Super! Zur Abwechslung gibt es diesmal eine Geschichte über jemanden, den ich wirklich gekannt habe, an den ich mich erinnern kann. Mit meiner Großmutter Lotte war es immer sehr lustig, ich glaube, weil sie es verstanden hat, jeden aus der Reserve zu locken, auch und vor allem ihre Eltern, meine Urgroßeltern. Vielleicht hat sie dabei ihre eigene Reserve ein bisschen überschätzt. Wer weiß. Meine Urgroßmutter stürzt sich gleich in die heutige Erzählung, als ob sie den ganzen Tag auf nichts anderes gewartet hätte.

Ja, das ist schon eine Weile her. Das kann man sich heute gar nicht mehr vorstellen. Die Gnade der späten Geburt ... leichtfüßig ist man mit ihr und über jeden Verdacht erhaben.

Lotte nimmt es leicht. Alles. Wenn ihr Bruder Emil achtzig Prozent gelernt hat, wird er garantiert über die fehlenden zwanzig geprüft. Sie lernt – wenn überhaupt – zehn Prozent, und genau die kommen dann zum Test. So ist es immer. Er zittert und sie bleibt ungerührt.

Wo das Geld für die Klavierstunden geblieben ist, die sie schon längst nicht mehr besucht, will die Mutter wissen. Lotte weiß es nicht, sie kann sich nicht erinnern.

„Auf jeden Fall gut angelegt", da ist sie sich ganz sicher, „wahrscheinlich in Karten für die Oper oder für den Abschlussball der Hotelfachschule."

Schluss mit Schule. Endlich! Das ist ein Schritt, der ihr gefällt. Noch besser gefällt ihr der Absolventenverein der Hotelfachschule, besser gesagt der Vorsitzende des Absolventenvereins, Moritz. Er ist deutlich älter als sie, ein Mann von Welt, gewandt in vielen Sprachen, elegant. Sie, das blühende Leben, gefällt ihm auch.

„Ich weiß es nicht“, ruft sie aufgebracht, „und es spielt für mich auch keine Rolle!“

„Du willst ihn heiraten und weißt nicht, wer er ist?“, fragt der Vater.

„Ich weiß sehr genau, wer er ist!“ Sie kann es nicht leiden, wenn der Vater mit Anwaltsrhetorik daherkommt. „Ich weiß nur nicht, ob er Jude ist!“

Der Vater nickt und kann sich ein Lächeln nicht verkneifen. In solchen Momenten findet er seine Tochter einfach brillant.

„Du solltest Anwältin werden oder – noch besser – Politikerin!“

„Ach, lass mich doch in Ruhe“, würde sie am liebsten sagen, aber sie lässt sich nur auf ihren Stuhl plumpsen, macht ein Schmollgesicht und weiß, dass sie Moritz mit oder ohne Einwilligung der Eltern heiraten wird. Man lebt ja schließlich nicht im Mittelalter.

Im Vorzimmer ist die Eingangstür zu hören. Emil kommt nach Hause, schleudert die Schuhe von den Füßen und hetzt ins Speisezimmer. Das Abendessen steht schon auf dem Tisch.

„Habt ihr es schon gehört? Jetzt ist er endlich weg!“, ruft er aufgeregt.

„Guten Abend“, sagt der Vater mit Nachdruck, ohne vom Essen aufzublicken.

„Entschuldigung“, sagt Emil kleinlaut und setzt sich

an seinen Platz. Er senkt den Blick und bemerkt, dass der Dackel schon in seinem Körbchen liegt; er hat also das Tischgebet versäumt. Als Junge hat er dem Hund beigebracht, beim Tischgebet Männchen zu machen, und seither gönnt er sich den Spaß zu behaupten, dass in diesem Haushalt sogar der Dackel katholisch ist.

„Wer ist endlich weg?", fragt Lotte. „Dein Nazi-Professor?"

Die Eltern tauschen Blicke.

Emil kennt sie schon länger aus dem Hörsaal, die lässig dahingesagten Sprüche eines Professors, der sich rühmt, freiwillig schon Jahre vor dem Krieg der damals noch verbotenen NSDAP beigetreten zu sein. Er macht auch kein Hehl daraus, dass er immer noch ein Nazi ist. Das ist natürlich eine besondere Provokation, weil die NSDAP gleich nach dem Krieg wieder verboten wurde, aber vielen seiner Studenten gefällt das sogar. Sie bewundern ihn, weil er offen und mit frechem Stolz ausspricht, was sie daheim nur hinter vorgehaltener Hand zu hören bekommen. Die Mehrheit der Studenten macht sich darüber allerdings gar keine Gedanken, und nur wenige wollen diese Verhetzung nicht einfach so hinnehmen. Bei den Protesten gegen den Professor kommt es immer wieder zu gewaltsamen Auseinandersetzungen.

„Nur weil ich mir seine Vorlesung anhören muss, ist er noch lange nicht ‚mein' Professor", erwidert Emil mürrisch.

„Aber demonstrieren warst du auch nicht!", wirft Lotte patzig zurück.

„Das wäre ja noch schöner", schreitet die Mutter ein,

„so kurz nach der Blinddarm-Operation. Das kommt doch überhaupt nicht in Frage!"

„Den eitlen Vogel nimmt doch keiner ernst." Der Vater hebt zum ersten Mal den Blick von seinem Teller. „Vor dem Krieg, in meiner Studentenzeit, haben wir uns mit den Nationalisten geprügelt, lauter Hosenscheißer. Und nach dem Krieg hatten die sowieso nichts mehr zu melden."

„Vater, das siehst du falsch."

Den letzten Bissen noch im Mund, hört der Vater zu kauen auf und legt das Besteck klirrend auf den Teller. Er sieht Lotte vollkommen verständnislos an. Auch Emil bleibt der Mund offen stehen. Er würde es nie wagen, dem Vater in dieser Weise zu widersprechen.

„Wie kann so einer überhaupt Karriere machen in unserem Land? Was habt ihr denn gemacht in den letzten zwanzig Jahren?", ereifert sie sich. Sie kann es nicht glauben, dass ein Widerstandskämpfer wie ihr Vater diesen Professor als harmlosen Spinner abtut.

„Mit Verlaub, Gnädigste, wir haben dieses Land wiederaufgebaut."

Der Vater steht kopfschüttelnd vom Tisch auf und geht ins Wohnzimmer, um eine Zigarre zu rauchen. Die Mutter räumt den Tisch ab und verschwindet, ebenfalls kopfschüttelnd, in der Küche.

Emil schaut seine Schwester streng an.

„Was?!", funkelt sie ihn an. „Dieses Nazi-Pack war nie wirklich weg! Und jetzt kommt es wieder aus seinen Löchern hervorgekrochen!"

Emil stimmt ihr zu. „Du hast ja recht. So richtig reiner Tisch wurde nie gemacht."

„Eben!"

„Und weißt du auch warum?“

„Nein. Warum?“

„Weil es zu viele waren. Darum.“

Sie schaut ihn verblüfft an.

„Und das nennt man dann Politik?“

„Sei froh, dass dein Geschichtsunterricht vor dem Ersten Weltkrieg geendet hat. Wer weiß, was du sonst zu hören bekommen hättest.“

Sie denkt nach. Lotte weiß, dass nicht alle so viel riskiert haben wie ihr Vater. Sie weiß aber auch, dass er für viele da draußen ein Deserteur ist. Kein Held. Aber man kann Stellung beziehen oder sich wegducken, ohne Farbe zu bekennen. Haltung bleibt eben eine Frage des Maßstabs.

„Schau“, sagt Emil. „Unser Vater ist doch wirklich nicht der Richtige für solche Vorwürfe. Immerhin hätten sie ihn beinahe hingerichtet. Du solltest dich bei ihm entschuldigen.“

Lotte holt aus der Küche ein Gläschen Likör und bringt es dem Vater ins Wohnzimmer. Sie weiß, dass er ihr nicht lange böse sein kann. Der Vater sieht aus dem Fenster und raucht seine Zigarre. Er murmelt vor sich hin, so wie er manchmal über seine Plädoyers nachdenkt und mit sich selbst argumentiert. Lotte hört nur „... zu viele ...“ und „... Nachkriegsjustiz ...“ und „... gut ein Drittel der Wählerstimmen ...“ Sie wartet. Er dreht sich zu ihr um und sagt etwas fahrig: „Wie willst du denn gleich ein ganzes Land entnazifizieren?“

Der Bruder und die Mutter kommen mit der Nachspeise ins Wohnzimmer.

„Ich gehe übrigens noch einmal weg", sagt Lotte, „in die Oper."

„Alleine?", fragt die Mutter erstaunt.

„Nein, er holt mich gleich ab."

„Er?", brummt der Vater.

„Ja, er. Jener, welcher übrigens katholisch ist", wirft sie ihm kokett hin.

„Wer ist katholisch?", fragt Emil und nimmt sich ein Stück Kuchen. „Und was ist daran so besonders?"

„Vater hat festgestellt, dass mein sogenannter Verehrer einen jüdischen Nachnamen hat", erklärt sie und verdreht dabei genervt die Augen.

„Und?", fragt Emil. „Haben wir damit", er macht mit den Fingern Anführungszeichen in die Luft, „ein Thema?"

„Na, das hoffe ich doch nicht." Ein fragender Unterton fliegt auch von Lotte in Richtung der Eltern, die plötzlich recht nachdenklich wirken.

„Weißt du, was ein Thema ist?", sagt schließlich der Vater streng und klar in Richtung seines Sohnes. „Es ist ein Thema, wenn eine Religion es nicht schafft, den Verstand und das Gewissen des heutigen Menschen unter ihren Hut zu bekommen."

„Immerhin hat die Kirche seit dem Konzil ihre Einstellung zum Judentum grundlegend geändert", doziert der Bruder ironisch trocken und bemüht, die plötzlich im Raum hängende Schwere zu vertreiben. „Jetzt ist endlich allen klar, dass wir eigentlich eine jüdische Sekte sind." Emil muss grinsen. „Ist er religiös?", fragt er noch neugierig nach.

„Er ist katholisch." Lotte verliert langsam die Geduld.

„Wie oft soll ich euch das noch sagen?" Sie weiß ganz genau, dass die Frage, ob jemand Jude ist, nicht unbedingt darauf abzielt, welche Religion er praktiziert, ob er religiös ist, allerdings schon. Und es geht ihr ziemlich auf die Nerven, dass das überhaupt ein Thema ist. Es spielt doch gar keine Rolle, solange man einen gemeinsamen Weg findet. Jedenfalls geht Moritz nicht in die Kirche, außer mit ihr, wenn sie das möchte. Und er besitzt einen Taufschein. Nicht mehr und nicht weniger. Punkt.

„Schluss jetzt." Der Vater legt die Zigarre in den Aschenbecher. „Ich muss noch einmal in die Kanzlei."

Die Tür fällt ins Schloss. Emil geht in die Küche Radio hören. Lotte zieht sich für die Oper um und kommt noch kurz auf das Sofa zur Mutter, die ihren Kuchen in Kaffee eintunkt.

„Was hat er denn? Muss Vater wirklich in die Kanzlei zurück?"

Die Mutter denkt eine Weile nach und fragt dann: „Erinnerst du dich an die Kiste Orangen?"

„Ja, wie könnte ich die jemals vergessen."

„Du warst noch sehr klein."

„Im Kindergarten haben alle nur so gestaunt. Die haben gar nicht gewusst, was Orangen sind."

„Ja, so kurz nach dem Krieg gab es nicht viel zu essen. Wurmige Erbsen, Feigenkaffee ... Weißt du, wo Vater sie her hatte?"

„Nein." Sie versteht nicht, worauf die Mutter hinaus will.

„Ein Klient hat ihm die Orangen aus Haifa mitgebracht, aus Israel."

„Ja gut, und warum erzählst du mir das?"

„Vater hat ihn vor Gericht vertreten. Ein Restitutionsfall, du weißt schon, die Rückerstattung von Eigentum, das die Nazis gestohlen haben."

Natürlich weiß Lotte das. Der Vater erzählt oft von besonderen Fällen, auch wenn sie schon länger zurückliegen. Lotte weiß auch, dass Überlebende nicht willkommen waren und dass ihnen nur halbherzig ihr Recht gewährt wurde. Fristen, um Besitzanspruch zu erheben, wurden zum Beispiel so knapp angesetzt, dass man sie nur versäumen konnte. Man hat Überlebenden klar zu verstehen gegeben, dass man eher alte Nazis in Posten hieft, als dass man Juden ihr Eigentum zurückgibt. Man wollte damit sagen: „Ihr gehört nicht dazu."

„Keine schöne Geschichte ...", sagt die Mutter langsam. „So viel Leid, so viel Schmerz ..." Kurz hängt sie einem Gedanken nach, dann schüttelt sie ihn ab. „... Aber dein Vater hat diesen Prozess gewonnen!"

Sie stellt ihren Kuchenteller hin und nimmt die Hand der Tochter in beide Hände.

„Ich will damit nur sagen, dass du heiraten kannst, wen du willst. Aber du musst wissen, dass man nie nur einen Menschen heiratet, sondern auch seine ganze Geschichte. Und der musst du gewachsen sein."

Lotte beißt sich auf die Lippen und entzieht der Mutter ihre Hand.

„An irgendetwas arbeitet sich doch jeder ab", antwortet sie schnell und ein bisschen altklug. „Man muss das Leben eben hereinlassen."

Da läutet es an der Tür.

Hühnersuppe

Meine Urgroßmutter winkt Onkel Dominik eifrig zu sich. Sie ist bisher zwar kaum zum Essen gekommen, weil ihr ständig jemand gratuliert oder ein Geschenk überreicht oder sie ungeniert auf ihren Nachlass anspricht, aber anscheinend ist es ihr wichtig genug.

„Komme ich in deinem Buch auch vor?"

Onkel Dominik ist Historiker und war das eigentlich seit frühester Kindheit. Er hatte immer schon ein Gefühl für Jahreszahlen und politische Zusammenhänge, und was aus Erzählungen fast jeder in der Familie weiß, hat er vor ein paar Jahren, als der Urgroßvater noch lebte, wissenschaftlich recherchiert und mit historischen Dokumenten belegt. Er hat es sozusagen offiziell gemacht. Damit legte er den Grundstein für die Verleihung des sogenannten „Ehrenzeichens für Verdienste um die Befreiung Österreichs", mit dem der Urgroßvater erst in recht hohem Alter eine staatliche Anerkennung seines Widerstandskampfes erfuhr. Meine Urgroßmutter hat mir das alles ziemlich genau erzählt, vom Widerstand über das Versteck im Wald und das Todesurteil bis hin zum Steckbrief, der in der ganzen Umgebung ausgehängt war. Was ich aber total verrückt finde ist, wie schließlich zu Kriegsende plötzlich jeder in den umliegenden Dörfern im Widerstand gewesen sein wollte. Auch das hat mein Onkel belegen können.

Als Buch ist seine Forschungsarbeit erst jetzt erschienen.

„Ja sicher, du kommst auch vor", lächelt er seine Großmutter an. „Ich habe dir eine Widmung hineingeschrieben", sagt er und überreicht ihr feierlich das Buch. Sie nimmt es entgegen und streicht über das Leinen des Einbands. Dann wiegt sie es in der Hand, als ob sie sein Gewicht schätzen wollte.

„Du weißt, dass ich dabei war", sagt sie, „und dein Onkel Emil auch. Er war damals noch ein Baby."

„Ja, ich bin Bestandteil eines historischen Ereignisses", schaltet sich mein Großonkel Emil zwischen zwei Löffeln Suppe in das Gespräch ein. „Und ich habe von klein auf gelernt, was es heißt, auf der richtigen Seite zu stehen."

In seinem Tonfall liegt nicht nur trockener Humor, sondern auch ein wenig Bitterkeit, die erahnen lässt, dass die richtige Seite nicht immer die bequemere Seite ist. Er hat sich natürlich gefreut, als sein Vater das Befreiungszeichen bekam. Die ganze Familie war im Parlament bei der feierlichen Überreichung. Aber es hat ihn auch ein bisschen geärgert, dass es so lange gedauert hat, bis die Republik die Helden des Widerstands endlich geehrt hat. Gleich nach dem Krieg, oder zehn Jahre später zum Staatsvertrag, als die Besatzungszeit vorbei und Österreich wieder unabhängig war, da hätte es gut gepasst. Immerhin verdankt Österreich zu einem ganz wesentlichen Teil seine Freiheit den Widerstandskämpfern. Nicht unbedingt wegen ihres eigentlichen Kampfes, der oft gar nicht den erhofften Erfolg brachte, sondern vor allem wegen der Tatsache, dass es überhaupt einen Widerstand gegeben hat.

Bemerkenswerterweise war Großonkel Emil nicht nur als Baby live dabei, sondern kam auch als Student in den zweifelhaften Genuss eines Professors, der trotz heftiger Nazivergangenheit an der Universität Karriere machen konnte. Bei mehreren Demonstrationen waren Befürworter und Gegner des Professors aneinandergeraten. Ein älterer Mann wurde dabei von einem rechtsradikalen Studenten niedergeschlagen und starb zwei Tage später an seinen Verletzungen. Der Professor wurde bei vollen Bezügen in Pension geschickt – eine elegante Art, jemanden aus dem Verkehr zu ziehen. Diese ganze Affäre ist auch in die Geschichtsschreibung eingegangen. Mir scheint überhaupt, meine Vorfahren waren immer live dabei, wenn das Politische historische Tragweite bekam. Wie soll man da mithalten?

Meine Urgroßmutter nickt zustimmend. „Wir sind die Guten!", sagt sie mit ironischem Unterton, weil sie es lustig findet, dass sich oft die Jungen besser fühlen, wenn ihre Vorfahren anständig waren, als ob man das wie ein Moral-Sparbuch erben könnte.

„Man kann im Angesicht der Geschichte froh sein, wenn man keine moralische Altlast darstellt", fügt sie noch hinzu.

Ich weiß, was Altlasten sind. Das ist zum Beispiel, wenn man sein Haus auf einem Grundstück baut, wo früher einmal eine Mülldeponie war. Egal wie schön der Garten ist, es kommt immer wieder mal beim Graben etwas Hässliches zum Vorschein.

„Nein, keine Sorge, wir sind von Stolz erfüllt", lacht Onkel Dominik über sein eigenes Pathos.

„Danke deinem Großvater“, fährt sie fort, „aber wenn man der Überlieferung glauben darf, war er schon als Kind ein Hitzkopf und hat mit gerade einmal fünf Jahren seinen Drachentöter-Ruhm begründet.“

„Meinst du die Geschichte mit dem Hund?“, fragt mein Onkel mit funkelnden Augen.

„Ja, genau die! Er hat dem riesigen Vieh seinen hölzernen Spielzeugdegen an die Schnauze gehalten, und es hat sich umgedreht und ist einfach wieder gegangen.“

Wahrscheinlich hatte der Hund schon gefrühstückt oder bloß keine Lust auf Stöckchen holen, denke ich mir. Kleines Missverständnis. Dem Fünfjährigen wurde das jedenfalls als fulminanter Sieg ausgelegt und der weitere Lebensweg meines Urgroßvaters bestätigte ihn in der Rolle des Helden.

„Im Grunde genommen hat er es immer so gemacht: Impulsives Handeln, ohne vorher nachzudenken. Er konnte einfach nicht anders. Er hatte, wenn du so willst, mehr Glück als Verstand“, rundet sie die Geschichte ab.

Ich weiß nicht, ob alle den Gesprächen meiner Urgroßmutter folgen können. Es ist doch recht laut, und die Tafel ist sehr groß. Mir scheint, die meisten sind eher in die Suppe vertieft oder stimmen gerade die Urlaubszeiten in den diversen Zweitwohnsitzen im Salzkammergut oder sonst einer Bilderbuchlandschaft ab. Ein paar diskutieren auch den Hausrat meiner Urgroßmutter, wer wohl einmal das Silberbesteck, das Augarten-Porzellan oder vielleicht sogar die Laske-Bilder bekommen wird. So viel weiß ich jedenfalls: Silberbesteck will keiner putzen, außer man hat das Personal dafür, und wertvolles Porzellan gilt als das einzig anerkannte großbürgerliche Zirkuskunststück: Es wird kunstvoll von Generation zu Generation jongliert, oft mit der dazugehörigen Vitrine, aber keiner verwendet es, damit es nicht kaputtgeht. Mit Kunst kenne ich mich nicht aus, aber als ich noch sehr klein war, hat mich mein Vater hochgehoben und auf Phantasiespaziergänge in die Laske-Bilder meiner Urgroßmutter mitgenommen. Nur das Befreiungs-Ehrenzeichen, das meinem Urgroßvater für seine Verdienste „um die Befreiung der Republik Österreich von der nationalsozialistischen Gewaltherrschaft" verliehen wurde, gilt als verschollen. Vielleicht hat er es selbst noch verlegt, es zum Beispiel als Lesezeichen in einem Buch für immer unauffindbar gemacht, oder irgendwer hat nach seinem Tod sozusagen „beim Aufräumen geholfen". Urgroßmutter weiß von nichts. Ich weiß nur, dass jeder es haben will.

Mein Teil der Familie sitzt nahe genug, um mithören zu können, und der sogenannte Lieblingsenkel spitzt auch die Ohren. Er befindet sich in einem unterschwelligen Dauerstreit mit meinem Onkel und meiner Mutter. Das liegt vermutlich daran, dass er schon mit meiner Großmutter Lotte nicht klarkam. „Schmähtandler", sagte sie immer. Sie glaubte dem Neffen seine spektakulären Geschichten und Heldenmythen einfach nicht und tat sie als plumpe Versuche, sich in Szene zu setzen, ab. Damit vereitelte sie, ohne es zu wissen, jeden seiner Versuche, beim Urgroßvater zu punkten. Denn darum ging es immer: Man musste etwas leisten, etwas vorweisen können, was vor den Augen des Monarchen Bestand hatte, zum Beispiel Jurist werden oder eine Wahl gewinnen – wenn nicht in der Politik, dann wenigstens in einem angesehenen Verein. Alles andere vegetierte unter seiner Wahrnehmungsgrenze dahin. Jedenfalls rächte sich der Lieblingsenkel schon damals mit Anspielungen auf meinen Großvater Moritz, der seine Außenseiterrolle in der Familie nie ganz loswurde. Die Sache mit dem jüdischen Namen, Taufschein hin oder her, blieb eine Irritation.

Dieser Streit setzt sich, wie es scheint, zwischen uns und unserem sogenannten Lieblingscousin in der jungen Generation fort. Er nennt uns gerne Waisenkinder, weil wir keine Großeltern mehr haben, als ob uns das vom Rest der Familie abschneiden würde. Mir kommt überhaupt vor, dass die anderen Verwandten es leichter haben als wir. Die Heldentat des Urgroßvaters ist wie Honig, den sie sich zufrieden dick auf ihr Brot schmieren. Sie ruhen sich auf seinen Lorbeeren aus und machen es sich gemütlich. Dabei werden sie steinalt. Meine Großeltern Moritz und Lotte sind dagegen die andere Seite der Medaille. Sie haben nie den einfachen Weg gewählt, sie sind immer noch einen Schritt weiter gegangen. Das Schweigen darüber ist so, als ob ihre Nachfahren ständig bittere Kräuter auf dem Honigbrot hätten. Daran mümmeln nicht nur ihre Kinder, also meine Mutter und ihr Bruder, sondern gezwungenermaßen auch meine Geschwister und ich, als ob wir nicht dazu gehören würden, als ob wir „die anderen“ wären.

Die eigentliche Heldentat meiner Großmutter Lotte war jedenfalls, dass sie zu ihrem Mann Moritz stand und ihn und ihre Kinder gegebenenfalls vor Gehässigkeiten abschirmte. Wenn Moritz davon überhaupt etwas mitbekam, dann ließ er es sich nicht anmerken. Er war immer um eine kultivierte Haltung bemüht, denn die Kultur war für ihn die helle Seite der Macht. Im Dunkeln auf der anderen Seite hörte das Menschsein auf. Lotte war ja wie viele Verwandte auch Politikerin, durchaus streitbar, aber davon habe ich nichts bemerkt. Meine Geschwister sicher auch nicht. Für uns war sie einfach die beste Großmutter: Es gab immer etwas zum Lachen und immer gutes Essen. Sie sang mit uns und las uns vor, ließ uns im Garten herumackern und oft spielten wir – unter ihrer Anleitung – unserer Mutter einen Streich.

„Lass dir nie etwas anderes einreden", sagte sie zu meiner Mutter oft. „Deine drei Kinder sind alle perfekt, so wie sie sind."

Sie gehörte zu den wenigen Menschen, denen es nichts ausmachte, dass ich nicht still sitzen konnte. Wahrscheinlich, weil sie selbst ganz und gar nicht von der Sinnhaftigkeit des Stillsitzens überzeugt war – weder was den Hintern betrifft, noch was Herz und Hirn betrifft. Aber in ihrer Schulzeit hatten die Leute auch ganz andere Sorgen. Da hat man nicht gleich jeden Zappelphilipp in Therapie geschickt. Dafür hat es öfter mal Schläge gegeben. Da will man auch nicht tauschen. Als ich noch sehr klein war, brachte sie mir schwimmen bei, „damit ich mich daran gewöhne, tief durchzuatmen und gegen den Strom zu schwimmen", wie sie mit einem Augenzwinkern meinte. Manchmal war sie aber auch ein bisschen traurig, dann sagte sie, ihre Kerze brenne an beiden Enden. Ich stellte mir das spannend vor und hätte bei einem Feldversuch beinahe die Küche abgefackelt. Damals hatte sie vielleicht schon eine Ahnung, dass sie mit dem Leben etwas schneller fertig sein würde als der Rest ihrer Familie. So wie ihr Mann, mein Großvater Moritz, den nicht einmal mein Vater mehr kennengelernt hat.

Meine Großtante beobachtet, wie meine Cousine von meinem Schoß hüpft und zu den Freundschaftsarmbändern meiner Schwester weiter pilgert.

„Er hat so eine gute Hand für Kinder ...“, flüstert sie meinen Eltern zu. Sie glaubt, ich höre das nicht.

„Und für Tiere noch viel mehr“, ergänzt mein Vater.

„Woran liegt das nur?“, fragt sie erstaunt.

„Kinder und Tiere machen einem nichts vor“, sagt mein Vater trocken. Nachdenkliche Stille.

„Ja, interessant, wo er doch sonst so verschlossen ist“, bemerkt schließlich mein Großonkel Emil. Die beiden meinen es gut mit uns, sie sind sozusagen unsere Reserve-Großeltern. Sie würden meinen Eltern nie in Ratschläge verpackte Vorschriften machen, aber sie greifen ihnen gelegentlich mit nobler Zurückhaltung unter die Arme.

„... und eine alte Seele“, sinniert meine Großtante weiter.

„Eine alte Seele?“, lacht mein Großonkel verdutzt. „Was soll das denn sein?“

„Erinnere dich, was er vor Lottes Tod damals gesagt

hat. Er war viel zu klein, um es überhaupt zu verstehen!“

„Ach so, du meinst seine Karriere als Medium“, sagt mein Vater. „Ja, das war schon ein bisschen unheimlich.“

Dabei war es eigentlich nur das Plakat. Während nämlich wieder einmal Wahlkampf war und meine Großmutter draußen auf der Straße von Plakaten lachte, begann sie drinnen hinter verschlossener Tür an ihrem Gehirntumor zu sterben. Das Plakat vor dem Haus war an einer Ecke schon etwas locker und flatterte im Wind. Das gefiel mir recht gut, und ich stellte mir vor, wie das Plakat über den Himmel flog und meine Großmutter herunterlächelte auf die Welt.

„‚Flieg weg, sei frei‘, hat er zu ihr gesagt, und dann hat sie zu atmen aufgehört“, erinnert sich meine Mutter an den letzten Besuch im Krankenhaus. „Das werde ich nie vergessen.“

Die Wahl hat meine Großmutter übrigens noch gewonnen.

Meine Mutter lehnt sich an die Schulter meines Vaters und schaut ins Leere. Sie sieht ein bisschen müde aus. In den letzten Jahren hat ihre Freude an Familientreffen etwas abgenommen.

„Heute fehlt sie ganz besonders“, sagt mein Vater leise und streichelt ihren Arm.

„Die Macht des Wortes!“, klinkt sich Onkel Dominik ein und durchbricht das betretene Schweigen. Er hat bemerkt, dass ich sowieso zugehört habe, obwohl ich es mir nicht anmerken lassen wollte, weil es ja eine unangenehme Situation ist, wenn man gleichzeitig anwesend und Gesprächsgegenstand ist. „Dann bist du also auch ein Befreier“, sagt er zu mir, „einer, der Leute wegfliegen lässt.“

Mir ist das gerade ein bisschen zu viel. Ich kann nicht immer nur in den Kategorien Weglaufen, Kämpfen oder Befreien denken. Das ist wie Blei in den Schuhen, genau das Gegenteil von Wegfliegen. Ich stehe auf und gehe Toni suchen. Vielleicht läuft sie mir ja mit einem Teller über den Weg. Fehlanzeige. Okay, wo ist die Hoftür? Dort geht es dann irgendwo zur Küche, hat sie gesagt. Mann, das kann doch nicht so schwer sein. *Sesam öffne dich? Alohomora? Sprich, Freund, und tritt ein?*

Hinter einer Tür höre ich Geschirr klirren. Das könnte es sein. Ich mache auf und werde von einer Dampfwolke verschlungen. Meine Brille läuft an, ich stolpere über etwas Metallisches, das wegrollt, irgendetwas fällt scheppernd zu Boden. Der Weltuntergang naht. Eindeutig.

„Antonia?“ Das sage ich nur bei Alarmstufe Rot. „Wo bist du?“

„Was machst du denn hier?“, höre ich Toni rufen. Ich nehme die Brille ab und kann sie jetzt auch sehen.

„Dich aus dem Nebel des Grauens retten?“

„Schönen Dank auch. Ist dir gelungen.“ Ich weiß nicht, ob sie das so meint, aber sie scheint sich doch über meinen Besuch zu freuen.

„Was ist das hier? So eine Art Vorhölle?“

„Das ist die Abwasch.“

„Ach so.“

Sie muss lachen und schiebt mich in einen Nebenraum, der wie eine Garderobe aussieht und nicht so dampft.

„Hast du dich aus dem Staub gemacht?"

„Ja, kleine Verschnaufpause."

„Okay. Mach's dir gemütlich."

Sehr gemütlich sieht es hier ja nicht aus.

„Kann ich dir helfen?"

„Ja, wenn du Lust hast. Mit Tellerwaschen haben schon die tollsten Karrieren begonnen."

Wir machen uns an die Arbeit. So eine Restaurantküche ist ganz anders als in einem normalen Haushalt, und es gibt auch keinen normalen Geschirrspüler. Alles ist viel größer und lauter. Monströs irgendwie.

„So ist das also ...", sagt Toni nach einer Weile.

Ich stelle einen Stapel Teller auf einen Wagen.

„So ist was?"

„Familie und so ..."

Super Zusammenfassung.

„Das ist keine Familie, das ist ein Schachklub, aber wir spielen nur mit drei Figuren: Täter, Opfer, Zuschauer. Was anderes gibt es nicht."

„Und jede Menge Helden, wenn ich das richtig mitgekriegt habe."

„Pfff, die Helden ..." Eigentlich kann ich das schon nicht mehr hören.

„Wie wird man überhaupt ein Held?", fragt sie. „Und wie fühlt sich das an?"

„Keine Ahnung. Woher soll ich das wissen? Mir fallen nur Denkmäler ein."

„Du meinst die auf Straßen und in Parks?"

„Ja, stell dir vor, du musst Tag und Nacht bei jedem Wetter irgendwo herumstehen, eine dämliche Pose einnehmen und dich von den Leuten beglotzen lassen. Zwischendurch kackt dir eine Taube auf den Kopf und ein Hund hebt sein Bein, aber du darfst keine Miene verziehen und musst weiter erhaben dreinschauen."

Toni schüttelt sich vor Lachen.

„Ja, und die Leute setzen sich auf deinen Sockel, essen dort ihre Jause und geben dir davon nichts ab", prustet sie noch lauter. „Und du darfst nicht mal aufs Klo gehen." Uns rinnen vor Lachen die Tränen über das Gesicht. Es tut richtig gut.

„Aber ist nicht ein Held auch ein Täter?", sagt sie nachdenklich, als ihre Stimme sich nach dem Lachanfall wieder eingerenkt hat. „Einer, der eben das Richtige getan hat?"

„Mein Urgroßvater hatte zwei Freunde im Golfclub: Der eine war bei der SS und der andere hat Auschwitz überlebt."

„Was? Wie geht das denn?"

„Keine Ahnung. Jedenfalls stelle ich mir das total irre vor, wie die drei alten Säcke da im Whirlpool sitzen, der eine mit der KZ-Nummer am Arm und der andere mit der Blutgruppen-Tätowierung der Waffen-SS in der Achselhöhle – und mein Urgroßvater in der Mitte. Und dann finden die da gar nichts dabei, reden über den Krieg wie über ein Theaterstück, in dem sie mitgespielt haben; reden wie drei Jungs, die in dasselbe Mädchen verknallt sind, und jeder will, dass die Geschichte ihm recht gibt."

„Und du sollst womöglich noch den Schiedsrichter spielen, stimmt's?“

„So in der Art.“

Sie nickt und versucht, sich das irgendwie vorzustellen. „Warst du da dabei?“

„Nein, mein Onkel hat es mir erzählt.“

„Und wann war das?“

„Da war er ungefähr so alt wie wir jetzt.“

Das muss eine Ewigkeit her sein, so ungefähr in den Achtzigerjahren, also im letzten Jahrhundert, in einem Land vor unserer Zeit.

„Naja“, meint Toni, „anscheinend sind in der Geschichte immer die Jungen die Schiedsrichter. Bis dann einer kommt, der noch jünger ist und wieder alles besser weiß, oder?“

„Vielleicht ... jedenfalls zahlen die Guten immer einen hohen Preis für ihr Gutsein, und das erst macht sie zu Helden.“

„Und welchen Preis zahlt ihr?“

Wir! Wie das klingt.

„Mein Urgroßvater konnte recht tyrannisch sein, glaube ich, und mein Großvater war krankhaft sesshaft, er wollte nicht einmal auf Urlaub fahren. Meine Großmutter starb viel zu jung, meine Mutter wittert hinter jedem Papierkorb einen Nazi und mein Onkel ist ein Jedi-Ritter undercover ...“

„Okay, okay.“ Sie winkt ab.

Ich hole tief Luft: „Kurz gesagt sind wir alle ziemlich gestört und bilden uns auch noch was darauf ein.“

Sie schaut mich staunend an.

„Daran gemessen bist du eh super normal.“

„Finde ich auch.“

Wir müssen wieder lachen und stapeln die letzten Teller auf.

„Die Normalste in der Truppe ist noch die Cousine meiner Mutter, mit der ich manchmal Übungsfahrten mache.“

„Die ist aber heute nicht hier, oder?“

„Nein. Sie ist die meiste Zeit in Jerusalem die Welt retten.“

„Aha, und wie macht sie das?“, fragt Toni verblüfft.

„Interreligiöser Dialog. Sie ist ja Ordensfrau ...“

„Wie ... so im Pinguinkostüm?“

„Ja, manchmal ... Aber damit schaut sie auch mehr wie eine Jedi-Ritterin aus. Sie ist ziemlich cool.“ Und vielleicht ein bisschen durchgeknallt, aber das sage ich jetzt nicht.

„Klar, sonst würdest du nicht mit ihr Auto fahren.“

Wir sind mit der Arbeit fertig. Ich baue einen Schneemann aus Seifenschaum und sprühe ihn mit der Brause über die Abtropfwanne. Ich muss feststellen, dass es Schlimmeres gibt, als mit Toni Teller zu waschen.

„So eine riesige Familie ist schon krass ... Manche von denen sind ganz schön nervig“, sagt sie von der Seite, nicht sicher, wie ich das finde. „Der eine mit der Lederjacke glotzt dich dauernd an ...“

„Ja, und genau den würde ich am liebsten auf den Mond schießen.“ Mir entkommt ein Seufzer.

„Und warum machst du es nicht?“

Ich stülpe meine Taschen um. „Heute keine Rakete bei der Hand.“

Sie nickt und sagt eine Weile nichts.

„Aber deine Uroma ist cool."

„Sie sagt immer: ‚Wer sich in Familie begibt, kommt darin um.' Das ist sicher wieder irgendein Zitat. Aber wie kann man sich nicht in Familie begeben, wenn die schon alle da sind und von Anfang an auf einen lauern?"

„Keine Ahnung. Bei mir gibt es ja nur meine Mutter." Das klingt fast, als ob sie das bedauern würde. Ich finde es beneidenswert und sage:

„Dafür kannst du dich selbst erfinden. Du kannst dir aussuchen, wer du sein willst."

Sie nickt, und ich weiß nicht, ob sie sich gerade in Gedanken eine Rolle zurechtzimmert oder über ihre Mutter nachdenkt, die ich wiederum sehr cool finde. Sie regt sich nicht immer gleich auf.

„Wer wärst du denn gerne?", fragt sie stattdessen. „Ein Star im Guinnessbuch der Rekorde?"

„Ja, zum Beispiel der unbekannteste Mensch der Welt. –Gibt's den überhaupt?"

„Oder ein berühmter Pferdeflüsterer?"

In dem Augenblick, wo die Frage draußen ist, beißt sie sich auf die Lippen.

„Im Moment bin ich ein Flüsterer ohne Pferd."

Sie weiß, dass ich das jetzt nicht als Scherz meine, und sagt zuerst nichts und dann:

„Aber du weißt schon, dass dich deine eigenen Beine auch tragen können, oder?"

Dominik

Dominik, dein Onkel, 1986 in Wien

Oh, wie spannend! Diesmal wird es noch mehr eine „true story“, weil es um jemanden geht, an den ich mich nicht nur aus meiner Kleinkindzeit erinnern kann, sondern den ich auch heute richtig gut kenne und von dessen Leben ich ungefähr eine Vorstellung habe. Dafür kann ich mir bei ihm am allerwenigsten vorstellen, dass er auch einmal ein Teenager war.

Ja, das ist schon eine Weile her. Das kann man sich heute gar nicht mehr vorstellen. Manchmal muss man in eine andere Rolle schlüpfen, um sich selbst zu finden.

Schulschluss, Zeugnistag. Für ihn kein Grund zum Feiern. Das Wetter passt sich anscheinend seinen Noten an: kühl und trüb, keine Spur von Sommerferien. Die Abschlussmesse schwänzt er, das fällt auch gar nicht weiter auf, und holt sich nur in der zweiten Stunde sein Zeugnis ab. Dominik trägt eine Kopfbedeckung, die als Kippa durchgehen könnte, dazu einen zerschlissenen Parka seines Großvaters väterlicherseits, den er nie kennengelernt hat, und die viel zu dünnen Schuhe, mit denen er im Winter 1984 in den Donau-Auen unterwegs war, als dort gegen ein Kraftwerksprojekt demonstriert wurde. Ein Mann, der sich nicht daran erinnern will, was er im Krieg so getrieben hat, ist gerade zum Bundespräsidenten gewählt worden. Man diskutiert scherzhaft, ob er selbst Mitglied bei der SA war oder doch nur sein Pferd.

Im Bus sagt ein alter Mann zu Dominik: „Dich hat der Hitler vergessen“ und „Jetzt erst recht!“

Vor der Schule warten schon die Mutter und die Schwester, beide herausgeputzt für das Essen im Restaurant. Das ist Familientradition: Am letzten Schultag, egal wie gut oder schlecht das Zeugnis ausgefallen ist, den Vater vom Hotel abholen und irgendwo schön essen gehen. Wenn man entkommen ist, und sei es auch nur einem Schuljahr, muss das würdig begangen werden.

Vor der Schule gibt es keine größeren Verabschiedungen mehr. Ein paar Kinder winken einander ein letztes Mal zu, bevor sie in die Autos ihrer Eltern springen und in den Urlaub davonrauschen. Die Schule gleicht einem Bienenstock, aus dem alles ausschwärmt. Man setzt sich also in Bewegung.

„Hast du mit Opa eigentlich noch das Interview gemacht?“, fragt die Mutter, als sie schon eine Weile gegangen sind.

In der Schule hat ein engagierter Deutschlehrer die Projekttage der letzten Schulwoche für ein Zeitgeschichte-Projekt genutzt und die Schüler dazu aufgefordert, ihre Großeltern über den Krieg zu befragen. Lotte, Dominiks Mutter, findet das sehr gut. Sie kann gar nicht genug davon bekommen, über den Zweiten Weltkrieg und insgesamt über Politik zu diskutieren. Moritz, Dominiks Vater, äußert sich nicht dazu. Er bekommt bei dem Thema schmale Lippen, wird etwas kurzatmig und sein Blick huscht fahrig hin und her, als ob er einen Notausgang suchen würde, weil ihm Brandgeruch in die Nase steigt.

„Nein, wozu?“, antwortet Dominik. „Ich kenne seine Geschichte sowieso in- und auswendig.“

„Ich weiß“, erwidert die Mutter. „Der alte Drachentöter ...“ Sie sagt das mit liebevoller Ironie. „Er hätte sich halt gefreut, wenn du ihn noch einmal darauf ansprichst.“

„Ja ...“ Dominik kickt ein paar Kieselsteine vom Gehsteig. „Das passt schon so“, sagt er mürrisch.

„Was haben denn die anderen in deiner Klasse so erzählt?“

„Kannst du dir das nicht denken?“, fragt er, lauter als nötig.

„Nein. Wieso? Was hast du denn?“

„Scheiße! Die waren alle Nazis!“

„Alle?“ Das scheint sie dann doch zu verblüffen.

„Fast alle.“

„Meinst du Nazi-Verbrecher oder Nazi-Mitläufer?“

„Was spielt denn das für eine Rolle? Und dann haben sie alle nur ihre Pflicht erfüllt, keiner will etwas gewusst haben, und keiner erinnert sich!“

Er regt sich so auf, dass ihm fast die Tränen kommen, denn zum ersten Mal wird ihm bewusst, dass nicht alle Familien so unbelastet sind wie seine und ganz selbstverständlich die Kriegsgeschichte auf dem Schirm haben. Über den Krieg erzählt zu bekommen ist gar nicht so normal, wie er dachte. Viele in der Klasse fragen zum ersten Mal nach Details und wollen alles genau wissen. Seine Freunde müssen sich mit Schuldfragen auseinandersetzen und erst einmal unter einen Hut bekommen, dass die lieben Großeltern in ihrer Jugend vielleicht Sachen gemacht haben, die gar nicht so lieb waren. Und dann drängt sich Dominik ja auch die Frage auf, was das alles nicht nur mit seinen Freunden, sondern auch mit ihm selbst zu tun haben könnte und ob man sich mit seinen Vorfahren identifizieren soll oder kann oder will.

„Du könntest auch ein bisschen stolz auf deinen Großvater sein", versucht die Mutter ihn zu beruhigen. „Außerdem sind deine Freunde nicht für ihre Großeltern verantwortlich. Wer sagt denn, dass sie das nicht genauso schrecklich finden wie du?"

Eine Weile sagt er nichts. Sie gehen durch die Stadt, um den Vater abzuholen.

„Ich hätte gerne meinen anderen Großvater interviewt", sagt er schließlich. Dass man sich nicht mit Schuldfragen plagen muss, heißt ja noch lange nicht, dass man gänzlich unbelastet ist.

Sie seufzt. „Ich konnte ihn auch nicht mehr kennenlernen."

„Warum erzählt Papa so wenig von früher? Er ist doch viel älter als du. Er muss sich doch erinnern können!"

Immerhin war der Vater im Krieg ein Schulkind, während die Mutter erst nach dem Krieg geboren wurde.

„Mehr als das, was du ohnehin schon weißt, wirst du aus ihm nicht herauskriegen."

„Wieso nicht?"

„Er kann nicht darüber reden, und du solltest ihn besser nicht fragen."

„Warum nicht?"

„Tu es einfach nicht. Bitte."

In der Hotelhalle steht der Vater elegant und vornehm an der Rezeption und spricht mit einem Gast. Als er seine Familie durch die Drehtür kommen sieht, strahlt er über das ganze Gesicht und stellt stolz seine Frau und die Kinder vor. Es scheint ihm egal zu sein, dass Dominik nicht gerade passend gekleidet ist. Zumindest ignoriert er es, weil diese Äußerlichkeiten neben seinem höchsten Grundsatz zur Nichtigkeit zerbröseln: Er kann nicht anders, als seine Kinder großartig zu finden, zunächst um ihrer selbst willen, vor allem aber schlicht ihres Daseins wegen. Es ist für ihn nicht selbstverständlich, dass er da ist, und es ist für ihn nicht selbstverständlich, dass es Menschen gibt, die er die Seinen nennen kann. Noch ein bisschen Smalltalk auf Englisch, dann verabschiedet man sich.

„Why do you wear this cap?", fragt der Gast schließlich ganz beiläufig, als er Dominik die Hand schüttelt.

Der Junge kann förmlich spüren, wie diese Frage dem Vater körperliche Schmerzen bereitet.

„Why? It's a normal cap, isn't it?"

Endlich komplett, verlässt die Familie das Hotel und schlendert Richtung Oper, zum Lieblingsrestaurant der Eltern. „Herr Direktor, gnädige Frau", werden die Eltern begrüßt. Der Oberkellner macht eine Verbeugung und weist einladend mit dem Arm in Richtung des reservierten Tisches. Dominik und seine Schwester schauen beim Vorbeigehen kurz ins Aquarium, wo die Hummer ihrem nahen Ende entgegenplantschen.

„Morituri te salutant", sagt die Schwester, die bis dahin nur schweigend mitgegangen ist und sich an der Diskussion nicht beteiligt hat.

„Ich esse keine Hummer", sagt Dominik abschätzig.

„Ich auch nicht", flüstert die Schwester ins Aquarium. „An mir soll's nicht liegen."

Die ohnehin bekannte Speisekarte wird kurz auf Neuheiten inspiziert. Der Vater nimmt die Wünsche seiner Lieben entgegen und bestellt dann beim Oberkellner. Obwohl alles frisch zubereitet wird, muss man nicht allzu lange auf das Essen warten. Plötzlich ist ein ganzer Schwarm Kellner rund um den Tisch unterwegs und kümmert sich nicht nur um das Heranschaffen der Speisen, sondern auch darum, dass der Tisch nie abgegrast aussieht, sondern immer schön appetitlich bleibt.

Zum Thema Urlaubsplanung ist nicht viel zu besprechen. Zuerst fahren Dominik und seine Schwester auf Sommerlager, danach geht es mit den Eltern in die Berge in ein feines Hotel, wo ein Hotelfachschulfreund der Eltern Direktor ist. Ein- oder zweimal waren sie im Sommer am Meer, aber Reisen ins Ausland sind kein Vergnügen. Einerseits die langen Autofahrten und andererseits die Passkontrollen verleihen dem ganzen Unterfangen einen Stressfaktor, der sich nicht lohnt. Der Vater krallt sich bleich am Lenkrad fest, während die Mutter die Pässe zwar aus dem Fenster hält, aber keinesfalls loslassen darf, wodurch der Beamte nur misstrauisch wird, was den Vater noch nervöser macht. Mit einem Wort: sinnlos.

Stattdessen werden beim Essen ausführlich die Empfehlungen und Wünsche für die Ferienlektüre besprochen, wobei abzuwägen ist, wie dick die Bücher sein dürfen, um in den Rucksack für das Lager oder in den Koffer für den Urlaub zu passen. Dominiks Klarinette darf zu Hause bleiben, weil das Klavier seiner Schwester ja auch nicht mit kann. Zu Schulschluss gibt es auch immer kleine, ermunternde Geschenke. Diesmal bekommt Dominik eine schöne Füllfeder und seine Schwester einen Kompass.

Zur Nachspeise trinken die Eltern noch Kaffee und beschließen spontan, in eine Ausstellung zu gehen. Der letzte Schultag ist dafür ideal, weil viele Familien gleich auf Urlaub fahren und die Museen fast leer sind.

Dominik will sich nach dem üppigen Essen lieber die Beine vertreten und zu Fuß nach Hause gehen. Seine Schwester hat auch keine Lust auf das Museum und kommt mit ihm.

„Wenn ich ein Junge wäre, würde ich vielleicht auch eine Kippa tragen", sagt sie ganz unvermittelt auf dem Weg durch die engen Gassen.

„Warum denn?", fragt er überrascht. Er ist sich nicht sicher, ob er seinen Schmerz und seinen Zorn mit ihr teilen will, aber wer weiß, vielleicht geht es ihr ja ähnlich.

„Aggressionsabbau", antwortet sie selbstbewusst. „Das ist doch die beste Gelegenheit, jedem Nazi-Volltrottel, der Streit anfängt, eine auf's Maul zu geben."

„Hilft nur nicht immer", sagt Dominik und fühlt sich ertappt, denn die Frage ist ja tatsächlich, ob man nur die Schuhe eines anderen anziehen muss, um seinen Weg gehen zu können. Ob er, Dominik, sich dadurch so weit in die Lage des Vaters versetzen kann, um ihn wenigstens ein bisschen zu verstehen. Irgendwie. Kann man sich stellvertretend für andere zur Wehr setzen? Er ist gerade dabei, das herauszufinden.

Dominik schaut seine Schwester an und hat plötzlich

das Gefühl, ihre Gedanken lesen zu können: „Wir werden nie erfahren, wie dieser Schmerz schmeckt."

Durch die Innenstadt drängen sich ungewöhnlich viele Menschen, alles strömt in Richtung Stephansplatz.

„Was ist denn da los? Haben die kein Zuhause?", witzelt die Schwester.

Vor dem Dom steht ein großes Holzpferd, wie das Trojanische Pferd, das die Griechen den Trojanern bei der Belagerung ihrer Stadt hinterlassen haben. Dieses trägt allerdings eine SA-Kappe, und aus seinem Bauch kommen nicht Soldaten der griechischen Antike, die sich als listiges Geschenk erweisen und die Trojaner niedermetzeln, sondern die Dämonen der jüngeren Vergangenheit, die – weil ungebändigt und unverdaut untergejubelt – jeder Generation aufs Neue aufstoßen und ihr die Kehle zuschnüren.

„Ich erinnere mich!", ruft die erste Rednerin und viele Redner wiederholen es nach ihr. Sie erinnern sich an all das, was damals geschehen ist, und auch daran, wie es zu den Taten der Eltern und Großeltern gekommen ist. Sie nennen die Namen der Täter und der Opfer. Was unter einer Decke des Schweigens rund dreißig Jahre lang verborgen war, wird ans Tageslicht geholt und so laut und offen wie noch nie ausgesprochen. Keiner soll jemals wieder sagen können, er hätte von nichts gewusst. Dominik hört aufgeregt zu. Er inhaliert jedes der Worte. Das ist es, was er hören will! Plötzlich klopft ihm jemand aus der Menge von hinten auf die Schulter. Er dreht sich um und findet sich inmitten seiner Schulfreunde. Auch ihnen glühen die Wangen.

„Überraschung!“

Die Tür geht auf und die Cousine meiner Mutter fliegt herein wie ein frischer Wind. Sie reißt mich aus den Achtzigerjahren in die Gegenwart.

„Da bist du ja!“, sagt sie zu mir, als ob nicht sie, sondern ich gerade erst unangemeldet hereingeschneit wäre. Dann erst umarmt sie meine Mutter und überreicht der Urgroßmutter ein kleines Mitbringsel aus Jerusalem. Die beiden müssen sich auch erst einen Ruck geben, um wirklich aus der Erzählung in die Gegenwart zurückzufinden. Meine Mutter hat von der Küche aus zugehört. Sie wollte sich wahrscheinlich nicht zu uns setzen, weil sie selbst als Jugendliche in der Geschichte vorkommt, obwohl es hauptsächlich um ihren Bruder, Onkel Dominik, gegangen ist. Mir kommt vor, sie atmet fast ein bisschen auf. Möglicherweise ist sich ihr heutiges Ich über vieles weit mehr im Klaren als das damalige.

Bei der Cousine meiner Mutter braucht es nur einen Satz, und schon wird's lustig. Sie ist der spontanste Mensch, den ich kenne und immer für Überraschungen gut. Wirklich immer! Keiner hätte gedacht, dass ausgerechnet sie in einen Orden eintritt, und keiner hätte gedacht, dass ihr großer Bruder, der sogenannte Lieblingsenkel, der gefühlte hundert Jahre älter ist als sie, sogar darauf eifersüchtig ist. Aber vielleicht sagt das mehr über die Bilder in den Köpfen der Verwandten aus als über ihre eigentliche Entscheidung.

„Wie lange bleibst du?“, fragt meine Mutter.

„Nur bis morgen. Ich habe mir gedacht, ich könnte mir vielleicht diesen Chauffeur hier ausborgen.“

Sie zwinkert mir zu.

„Magst du nachher zum Abendessen bleiben?“, fragt meine Mutter.

„Gerne!“ Sie strahlt über das ganze Gesicht. „Tschüss, Oma!“

Und das war’s schon wieder. Wir gehen zum Auto.

„Mayday, Mayday, habe ich da einen Hilferuf gehört?“, fragt sie mich beim Einsteigen. „Ich hol dich da raus, Kumpel.“

„Du hast wirklich einen Knall.“ Ich muss sehr lachen und stelle mir vor, wie das wäre, wenn ich tatsächlich so eine Super-Spezial-Einsatztruppe hätte, die aus heiterem Himmel hereinplatzt und mich immer dann herausreißt, wenn es irgendwo unbehaglich wird. Was ich mir aber gar nicht vorstellen kann ist, wie sie bei einer Konferenz sitzt und mit Vertretern aller Weltreligionen über das Schicksal der Menschheit diskutiert.

„Ach, war das kein Notfall?“, fragt sie erstaunt. „Es sah so aus, als ob dich jemand an dieses Sofa gefesselt und geknebelt hätte und ...“

Ich lache weiter.

Sie schaut mich fragend an.

„Nein? Kein Notfall?“

„Kein Notfall“, schüttle ich den Kopf.

„Also Entwarnung.“

Ich nicke.

„Gut. Na, mal sehen.“ Sie checkt den Kilometerstand und will das Fahrtenprotokoll ausfüllen. „Jetzt habe ich doch glatt mein Laserschwert verlegt ...“

„Hier ist ein Kugelschreiber. Ich glaube, der tut’s auch.“

Wir schalten auf normalen Geisteszustand um und fahren los. Nach ein paar Mal Abbiegen sagt sie in einem Jetzt-aber-im-Ernst-Tonfall: „Hey, wie geht's dir?"

„Jetzt gut." Ich grinse sie an.

„Und sonst?" Sie deutet mit dem Kinn durch die Windschutzscheibe, damit ich beim Fahren auf die Straße und nicht zu ihr schaue.

Ich weiß nicht, wovon ich zuerst erzählen soll: dass ich jetzt in einer Band spiele, dass die Schule wie immer ist, dass ich neuerdings von Urgroßmutter unglaubliche Geschichten erzählt bekomme, dass Levin weg muss.

„Warst du auch bei diesem Holzpferd?", frage ich stattdessen.

„Welches Holzpferd?" Sie weiß nicht, was ich meine.

„Uroma hat mir gerade von den Achtzigerjahren erzählt, als Mama und Onkel Dominik Teenager waren."

„Ach so, *dieses* Holzpferd meinst du. Nein, da war ich noch zu klein. Zu klein für Politik", präzisiert sie. „Das Einzige aus den Achtzigern, woran ich mich erinnere, ist das Gewand deiner Mutter, das ich nach ihr tragen musste. Ich habe es gehasst."

Sie mochten einander wenigstens, und sie mögen sich noch immer. Wenn ich mir vorstelle, ich hätte die alten Sachen von unserem Lieblingscousin anziehen müssen ... nicht auszudenken.

„Hast du Moritz, den Mann von Lotte, gekannt?"

„Deinen Großvater? Ja, den habe ich gekannt."

„Wie war er?"

Sie muss eine Weile nachdenken.

„Großes Herz … und immer ein bisschen traurig“, sagt sie schließlich ganz langsam.

„Wie, die ganze Zeit?“ Ich kann mir das nicht vorstellen.

„Naja, wie jemand aus einer versunkenen Welt, wie jemand im Exil.“

„Oh, das muss dann ein ziemliches Kontrastprogramm gewesen sein bei dem übrigen Stolz und der zelebrierten Selbstsicherheit in der Familie.“

„Ja, bei uns weiß doch sonst jeder ganz genau, wohin er gehört.“ Ein leicht abschätziger Ton ist nicht zu überhören.

„Jeder?“, frage ich.

„Wer weiß.“

Sie lässt das offen, aber bei ihr traue ich mich und hake nach:

„Und du? Du hast es dir einfach ausgesucht, oder?“

„Sagen wir so: Ich habe mir Luft verschafft. Nicht einfach, aber empfehlenswert.“

Sich Luft verschaffen. Das klingt sehr gut.

„Du hast ja auch ein Laserschwert“, versuche ich, getarnt mit einem Scherz, hinter ihr Geheimnis zu kommen, oder ihr wenigstens ein paar hilfreiche Tipps zu entlocken.

„Du nicht?“

Ich mache ein hilfloses Gesicht, aber sie sagt nur: „Das war eine bewaffnende Gegenfrage“, und nickt mir aufmunternd zu.

Jetzt erst bemerken wir, dass wir gar nicht darauf geachtet haben, wohin wir fahren. Plötzlich sind wir irgendwo gelandet, wo wir uns beide nicht auskennen.

„Schau mal, das ist doch gut. Jetzt können wir uns gar nichts vormachen. Wir suchen eben, bis wir ankommen.“

Hauptspeise: Tafelspitz, was sonst!

Ich fange den Blick meiner Urgroßmutter auf. Der scheint froh zu sein, dass er sich endlich wo ausruhen kann. Ich sage nichts, und sie muss nicht so tun, als ob sie etwas gehört hätte. Aber sie weiß, was sie sieht. Meine Haare sind endlich gewaschen, wenn auch nicht gekämmt, und mein Sakko schaut frisch gebügelt aus. An mir haftet noch der Dampf von der Abwasch und meine Wangen sind rot. Sie lächelt mir zu.

„Der Tafelspitz ist butterweich“, denkt sie sich wohl und ist glücklich. Das weiß ich.

Ich nicke und lächle zurück. Wahrscheinlich weiß sie ganz genau, dass ich jetzt an ihre Zähne denke.

„Warst du in der Sauna?“, fragt meine Mutter erstaunt.

„Nein, in der Abwasch.“

„Was hast du denn dort gemacht um Himmels willen?“

„Abgewaschen.“

Sie sieht mich verdutzt an. Jetzt ist sogar sie sprachlos.

„Wir sind eingeladen, du hättest auch ohne abwaschen eine zweite Portion haben können“, spricht mein Vater mit vollem Mund. Er versucht ernst zu bleiben, aber es gelingt ihm nur mäßig. Vielleicht ist das ja auch Absicht. „Du musst dich aber beeilen mit dem Essen, denn er wartet schon auf dich.“ Er zeigt – sehr zum Missfallen meiner Mutter – mit der Gabel über meine Schulter. Hinter mir steht mein kleiner Cousin.

„Jetzt bin aber ich dran!“, sagt er mit einem Buch unter dem Arm und einer Krokodilsträne im Auge. Die Vorstellung, er könnte glauben, ich hätte ihn vergessen, schmerzt auch mich.

„Auf jeden Fall bist jetzt du dran!“ Ich nehme einen Schluck Wasser, lege die Serviette auf den Tisch und drehe mich zu ihm um. „Zeig mal her, was lesen wir?“

„Die Stanisläuse.“ Er hält mir das Buch unter die Nase und strahlt mich erwartungsvoll an.

„Super! Das sind meine Lieblingsbücher!“

Darauf scheint er ein bisschen stolz zu sein.

Ich hebe ihn auf meinen Schoß, er schlägt das Buch auf, und schon lachen mir Großvater, Vater und Sohn Stanislaus entgegen. Ihre Erlebnisse, die es in sechs verschiedenen Bänden gibt, sind unglaublich schräg und damit einfach Weltklasse. Sie malen sich Haustiere, vertreiben Einbrecher, machen eine Bootsfahrt im Papierschiffchen und lauter solche Sachen. Bei ihnen ist nicht der Großvater der Chef und der Vater sein faltenfreies Abziehbild, während sich der Kleine abstrampelt, um alles genauso wie die Erwachsenen zu machen. Nein, sie sind eigentlich wie eine einzige Person, also einer in drei verschiedenen Lebensaltern. Das ist deshalb so schön und warmherzig, weil keiner von den dreien Erwartungen in die anderen setzt. Die drei sind immer miteinander zufrieden, so, als ob man auch zu dritt bei sich sein, in sich ruhen könnte.

„Welchen Band hast du mit?“, frage ich ihn.

„Den, wo sie mit dem Fernrohr alles größer und kleiner machen können.“

„Der ist sehr spannend. Da habe ich mich fast ein

bisschen gefürchtet, wie der kleine Stanislaus seekrank wird."

Mein Cousin drückt sich in meine Arme und zieht den Kopf zwischen die Schultern, er scheint vorsichtshalber in Deckung zu gehen.

„Aber jetzt fürchtest du dich nicht mehr, oder?"

„Nein, jetzt nicht mehr."

„Weil große Leute haben keine Angst." Er schaut mich fragend und zugleich hoffnungsvoll an, als ob ich ein Experte wäre.

„Manchmal schon."

„Echt?"

„Ja, aber nur heimlich."

Er denkt nach. Sein Konzept von Angsthaben scheint ins Wanken zu geraten. Nach einer Weile gibt er sich einen Ruck, fast getrieben von der plötzlichen Erkenntnis, dass man auch als Kind manchmal selbst die Dinge in die Hand nehmen muss. Erwachsene, zu denen er mich zählt, sind auch nicht mehr, was sie einmal waren.

„Dann muss man halt das Zauberwort sagen!"

„Welches Zauberwort?"

„Vera Ferra-Mikura!"

Ich kann das Lachen nicht zurückhalten.

„Das ist doch die Frau, die die Stanisläuse geschrieben hat." Ich zeige auf den Buchdeckel. „Schau, da steht ihr Name."

„Nein, das ist ein Zauberspruch. Hört man ja gleich."

Wir lesen das Buch von der Mitte bis zum Schluss und dann vom Anfang bis zur Mitte und dann noch einmal das Ende und den Anfang. Das ist Vorlesen im

Stanislaus-Experten-Modus. Dann stibitzen wir eine Speisekarte und falten ein Papierschiffchen, das wir mit Apfelkren und Petersilie verzieren.

Ich muss mal wohin. Mein Onkel und sein Cousin, der Lieblingsenkel, sind gerade auf dem Weg zum Pissoir. Da will ich mich nicht dazustellen. Ich verziehe mich lieber in eines der Klos. Sie bemerken mich gar nicht.

„Na, Kriegskamerad, bist du stolz auf dein Buch?“, sagt der Lieblingsenkel zu Onkel Dominik. Seine Frage klingt hart und dumpf wie ein Faustst0ß, und seine Stimme verrät, dass er schon einiges geladen hat. Das ist bei ihm oft so: Er versucht, die anderen zu provozieren, und wenn ihm keiner darauf einsteigt, schenkt er sich nach. Interne Lagebesprechung sozusagen.

„Ich bin vor allem stolz auf unseren Großvater!“, antwortet mein Onkel. „Aber es ist nur ein Aufsatz in einem Jahrbuch.“ In seinem Ton liegt etwas Abwartendes.

„Warum hat er dich eigentlich so genannt?“, geht es im Verhörton weiter.

„Wie? Kriegskamerad?“

„Ja!“

„Ich habe eben schon als Kind viele Fragen gestellt. Er hat immer gelacht, wenn ich noch mehr Details wissen wollte, und irgendwann kannte ich seine Geschichte so genau, als ob ich dabei gewesen wäre. So kam er auf die Bezeichnung.“

„Sein Befreiungszeichen hat ihm viel bedeutet“, redet der Lieblingsenkel weiter.

„Ja, mir auch. Wirklich eine Schande, dass er es erst so spät bekommen hat.“

So weit kein Widerspruch, aber es riecht nach Abwarten. Mir kommt vor, als könnte ich sogar durch die Klotür die Spannung herumwabern spüren wie einen Nebel, der sich ausbreitet.

„Hast du es dir unter den Nagel gerissen?“, legt der Lieblingsenkel schließlich eins nach.

„Spinnst du?“

Schweigen. Alles klar: Der Lieblingsenkel wäre selbst gerne der Kriegskamerad gewesen, aber seine Gespräche mit dem Großvater waren wohl nicht so ergiebig. Ich höre Gürtelschnallen klimpern, dann ein Plätschergeräusch.

“Schon irgendwie komisch ...“

„Was?“ Mein Onkel klingt genervt. Kann man nicht einmal mehr in Ruhe pinkeln? Er ahnt, dass sich da noch mehr zusammenbraut.

„... dass du nicht beschnitten bist.“

Oh Mann, glotzt ihm der etwa auf den Pimmel?

„Und was ist daran komisch?“, fragt Onkel Dominik nun erstaunlich gelassen.

Das Plätschergeräusch klingt plötzlich deutlich anders, irgendwie tiefer.

„He, pass doch auf!“

„Hoppla!“

Zippverschlüsse werden zugezogen. Wasser spritzt im Waschbecken. Handtücher werden aus dem Spender gerissen. Einer knallt die Türe zu. Stille.

Ich wage mich aus der Deckung, spüle runter und komme aus meinem Versteck. Onkel Dominik steht am Waschbecken, schaut in den Spiegel und atmet tief durch. Er fährt sich mit den nassen Händen durch die Haare und sieht nicht so souverän aus, wie sein „Hoppla“ eben geklungen hat. Ich wasche mir die Hände.

„Hast du … Hast du ihm auf die Schuhe gepinkelt?“, frage ich ganz vorsichtig.

„Allerdings.“

„Echt?“

„Auf seine Maßschuhe wohlgemerkt.“

Der Anflug eines Grinsens liegt auf seinem Gesicht.

Ich habe keine Ahnung, was da abgegangen ist. Mir steht nur der Mund offen.

Mein Onkel sieht mich ernst an. „Als ich ungefähr so alt war wie du, war ich eine Zeit lang ziemlich wütend, und dann habe ich beschlossen, mich zu wehren. So schläft man besser und so merkst du dir, wer du wirklich bist.“

Ich weiß schon wieder nicht, was ich sagen soll.

„Weißt du, dass wir als Kinder nie mit dem Zug irgendwohin gefahren sind?“

Ja, weiß ich, allerdings von meiner Urgroßmutter. Mein Großvater Moritz war laut Überlieferung der miserabelste Autofahrer aller Zeiten, aber er wäre nie in einen Zug eingestiegen. Um keinen Preis der Welt. Meine Mutter hat mir nie davon erzählt, dass auch sie als Kind absurderweise vor Uniformen und bei Fahrscheinkontrollen Angst hatte, und dass sie auf Sommerlager immer die meisten Punkte für Ordnunghalten bekam. Sie wollte nicht auspacken. In ihrem tiefsten Inneren hatte sie von klein auf gespeichert, dass man jederzeit unverzüglich in der Lage sein muss, sein Zeug zu schnappen und sich aus dem Staub zu machen, so wie ihr Vater in seiner Kindheit. Das weiß ich auch alles nur von meiner Urgroßmutter.

„Aber ihr seid doch viel zu jung für diesen Scheiß!“, werfe ich ihm verzweifelt entgegen. Seine Frage macht mich wahnsinnig. Was ist nun mit dieser „Gnade der späten Geburt“? Ich dachte, wenn man jung genug ist, betrifft einen das nicht.

„Du bist zu jung für diesen Scheiß,“ kommt seine blitzschnelle Antwort. „Deine Mutter und ich, wir sind damit aufgewachsen. Uns steckt das noch in den Knochen. Du glaubst gar nicht, was man alles erben kann“, sagt er und zerknüllt sein Papierhandtuch. „Von manchen Dingen muss man sich befreien.“

Er macht von der Tür aus einen Drei-Punkte-Wurf und geht.

Als ich alleine im Waschraum vor dem Spiegel stehe, stelle ich mir vor, dass ich einen Zauberstab schwinge, und sage laut zu meinem Spiegelbild „Vera Ferra-Mikura!“

Auf dem Gang kommt mir mein Bruder entgegen. Er hat seinen Geigenkasten unter dem Arm.

„Ah, da bist du ja“, sagt er im Checker-Tonfall. „Kommst du? Wir machen noch eine kurze Probe.“

Vor der Nachspeise singen wir ein Geburtstagsständchen für meine Urgroßmutter. Wir sind immer für die Musik zuständig, und weil mein Vater Musiker ist, glauben alle, dass wir das auch profimäßig können, weil wir ja nichts anderes zu tun haben, als den ganzen Tag einen auf Trapp-Familie zu machen. Als ich noch klein war, fand ich diese Auftritte vor der Verwandtschaft immer sehr aufregend. Alle haben sich wahnsinnig gefreut, uns supersüß gefunden und geklatscht wie verrückt. Wir haben uns verbeugt und waren mächtig stolz. Seit einiger Zeit ist mir das alles eher peinlich. Ich singe zwar immer noch gerne, aber nicht vor Leuten. Ich mag es nicht, wenn ich angeschaut werde. Ich stehe nicht gerne im Rampenlicht, deshalb spiele ich in der Band auch Bass. Der Bassist steht immer ganz hinten und keiner schaut ihn an. Bass ist cool. Und irgendwann werde ich auch Bass singen, nur ist derzeit meine Stimme nicht zu gebrauchen. Stimmbruch. Aber ich stelle mich trotzdem dazu und bewege stumm den Mund. Das ist mir lieber, als wenn nachher alle fragen, warum ich nicht mitsinge.

„Ja, ich komme schon." Mein Bruder macht kehrt und gemeinsam gehen wir Richtung Klavier. Da läutet mein Handy.

„Sorry, da muss ich rangehen. Geh schon mal vor."

Er zuckt mit den Schultern und lässt mich stehen.

Ich habe mein Handy absichtlich nicht stumm geschaltet. Meine Urgroßmutter und manche, die es nicht zugeben, hören es sowieso nicht. Alle anderen sind selbst laut genug, so dass es nicht weiter auffällt. Manchmal ist ein läutendes Telefon der perfekte Rettungsanker, um sich aus dem Staub zu machen. Außerdem warte ich schon den ganzen Tag, also seit wir zu Mittag losgefahren sind, auf Leas Anruf. Dringend! Ich habe zwischendurch sogar manchmal nicht an

Levin denken müssen, aber dann kommt es mir wieder hoch und ich bin ganz aufgewühlt.

Ich drücke mich in eine Fensternische am Gang. Mein Herz schlägt wie verrückt.

„Hallo? Lea?“ Meine Stimme überschlägt sich ein bisschen.

„Ben? Bist du das?“, höre ich sie wie aus einer anderen Welt, in der es rauscht und knackt. Schlechter Empfang.

„Ja, wie geht’s ihm? Seid ihr schon da?“

„Schon ist gut. Wir sind eine Weile im Stau gestanden und haben dann bei einer Baustelle die Abfahrt von der Autobahn verpasst ...“ Das klingt ja nicht gerade nach erfolgreicher Mission.

„Ist er ruhig geblieben?“

„Nein, er hat so stark gegen die Wände getreten, dass der Anhänger ins Schlingern gekommen ist ...“

„Was?!“

„... Ja, wir mussten deshalb langsamer fahren, aber alles ist gut gegangen. Wir haben dann am Hof den Anhänger vom Auto auf den Traktor umgehängt und sind so weiter.“

„Was? So steil ist es dort?“

„Ja, und rumpelig. Forstweg mit ausgewaschenen Spurrillen. Mit dem Auto hätten wir das nicht geschafft.“

„Wahnsinn.“

Das muss so unglaublich geschaukelt und geruckelt haben, dass in dem Anhänger wahrscheinlich niemand entspannt geblieben wäre, schon gar nicht ein Pferd, das keine Ahnung hat, wie ihm geschieht. Ich stelle mir vor, wie Levin total gestresst und vor Panik ganz nass geschwitzt aus dem Hänger rauskommt und sich einfach nur fürchtet vor der fremden Umgebung und vielleicht anfangs auch vor den fremden Pferden, die da sein könnten. Es würde ihm auch Angst machen, wenn er ganz alleine auf der Weide wäre. Pferde brauchen ihre Herde, und wenn sie alleine sind, machen sie sich eben auf die Suche nach anderen Pferden! Da wird jedes Hindernis überwunden. Aber zur Not tut es auch ein Esel, oder ein Alpaka.

„Bist du noch da?", fragt Lea.

„Jaja ...", krächze ich heiser in mein Handy. „Und weiter? Was war dann?"

„Ich habe ihn abgerieben. Dann haben wir ihm die Gamaschen und das Halfter abgenommen. Zuerst ist er wie versteinert dagestanden, aber dann hat er ein paar staksige Schritte gemacht, hat ein bisschen herumgeschaut und Gras gefressen. Und dann ist er losgestürmt, das kannst du dir nicht vorstellen!"

„Echt?!" Mir bleibt die Luft weg.

„Pass auf, ich schick dir ein Video."

Ich stelle das Telefon auf Lautsprecher und starte das Video. Zum Glück war der Empfang nur am Anfang schlecht. Alles ist grün. So ein Grün gibt es bei uns gar nicht. Wiesen, Hügel, Bäume. Endlos. Kein Zaun in Sicht. Ich sehe Levin weggaloppieren, buckeln, ausschlagen und weit über die Wiesen fliegen. Ich höre Lea gerührt „der ultimative Black-Beauty-Moment!" sagen. Levin verschwindet im Wald, kommt hinter einem Hügel wieder zum Vorschein und macht ein paar waghalsige Sprünge. Han lacht: „Na, machst du einen auf wilder Mustang?“ Dann kommt Levin lässig angetrabt. Er schnaubt zufrieden, und mir kommt vor, dass er ein bisschen in die Kamera grinst.

Es ist ja eigentlich ziemlich gestört: Im Stall ziehen die Leute ihren Pferden Gamaschen und Hufglocken und alles Mögliche an, damit sie ja keinen Kratzer abbekommen. Sie flechten Zöpfe in Schweif und Mähne, scheren ihnen das Fell und ziehen ihnen dann Decken über. Die Pferde machen den ganzen Zirkus mehr oder weniger geduldig mit, lassen alles über sich ergehen. Nur wenn sie Glück haben, kommt eines Tages der große Moment und man lässt sie, vielleicht auch nur über den Sommer, frei. So richtig frei! Und dann fällt ihnen ein, wer sie wirklich sind und dass sie nicht verlernt haben, wie Pferdsein geht.

Lea hat noch nicht aufgelegt. „So schaut Glücklichsein aus, zumindest bei Pferden.“

Ich bekomme einen Knödel im Hals.

„Alles okay bei dir?“, fragt sie in die Stille.

Ich warte noch kurz, ob da ein Einwand aus mir kommt, aber alles bleibt ruhig. Nichts lehnt sich auf. Ich weiß nicht, ob sich das gut anfühlen sollte. Ich weiß nicht, ob ich ihn einfach gehen lassen kann. Ich weiß einfach gar nichts.

„Alles okay.“

Käseplatte

Meine Urgroßmutter zupft mich am Ärmel. „Du, ich muss kurz raus. Hilfst du mir?"

Im Normalfall heißt das, sie zum Klo begleiten, eine gefühlte Ewigkeit vor der Tür warten, und wenn man schon glaubt, dass sie eingeschlafen oder Schlimmeres ist, hört man die Spülung. Dann dauert es noch einmal eine Stunde, bis sie wirklich rauskommt. Das könnte einem peinlich sein. Muss es aber nicht. Eigentlich ist es ein sehr persönlicher Moment, zumindest wenn man davon ausgeht, dass dem, der vor der Klotür warten muss, ja nicht entgeht, was sich drinnen geräusch- und detailreich abspielt. Nichts Menschliches bleibt einem fremd, könnte man was weiß ich wen zitieren. Meine Urgroßmutter ist wirklich vernarrt in Zitate.

Diesmal ist es aber kein Normalfall.

„Ich hasse Käse", sagt sie. „Komm, wir gehen ein bisschen Luft schnappen."

Sie klammert sich an ihren Rollator, schnauft von den paar Schritten, atmet draußen kräftig durch und blinzelt in die Sonne. Ich trotte ein bisschen gebückt neben ihr her. Gebückt deshalb, damit ich sie schneller auffangen kann, falls sie stolpert.

„Das ist doch euer Auto, oder?"

„Ja."

„Komm, wir machen eine kleine Spritztour."

„Aber …" Ist das ihr Ernst?

„Die da drinnen merken das gar nicht", winkt sie ab. „Die glauben sicher, dass ich am Klo bin. Du kannst doch fahren, oder?", fragt sie beiläufig und lenkt ihren Rollator auf unser Auto zu.

„Ja, schon, aber ich darf nicht ohne Begleitperson."

„Ich bin doch eine Begleitperson!"

„Aber du stehst nicht auf dem Wisch vom Verkehrsamt."

„Auf dem was? Das musst du mir zeigen."

Also steigen wir mühsam ein: Ich halte sie unter den Armen, sie hält sich an mir fest, fasst mich um die Hüfte. Das Sakko ist ein bisschen im Weg. Ihre Hände bleiben bei den Taschen hängen. Mit einem sanften Ruck drehe ich sie über den Beifahrersitz und lasse sie langsam hinunter, bis sie sitzt. Zuletzt helfe ich ihr, die Füße hineinzuheben. Gurt über die Schulter, kontrollieren, dass nichts aus dem Wagen hängt, Türe zu. Dann kommt der zusammengeklappte Rollator in den Kofferraum.

„Weißt du", sage ich beim Einsteigen, „bei den Übungsfahrten muss immer eine Begleitperson dabei sein, die seit mindestens drei Jahren den Führerschein hat ..."

„Ich habe meinen Führerschein seit 1946!", sagt sie in einer Mischung aus Triumph und Beleidigtsein. „Genügt das nicht?"

„Man muss vorher angeben, wer die Begleitpersonen sind. Dann werden sie im Bescheid eingetragen, und man darf wirklich nur mit ihnen fahren."

Ich zeige ihr den Bescheid mit dem hochoffiziellen Stempel vom Verkehrsamt. Da steht neben meinen Eltern auch die Cousine meiner Mutter, die genauso heißt wie meine Urgroßmutter und am selben Tag

Geburtstag hat wie sie, nur eben 1981 statt 1918. Ich staune: Legasthenie hat auch etwas Gutes.

Wir fahren zum Friedhof, zum Grab meines Urgroßvaters. Der Weg vom Tor zum Grab ist nicht weit, dauert mit dem Rollator aber doch eine ganze Weile. Die Räder hinterlassen knirschend eine Spur im Kies. Auf dem Wiesenstreifen vor dem Grab zieht meine Urgroßmutter fachmännisch die Handbremse und setzt sich auf die kleine Sitzfläche des Rollators. Die Vorderräder graben sich verdächtig tief in den weichen Boden, aber das Ding kippt nicht. Außer uns ist niemand da, es ist ganz still, nur Vogelgezwitscher, Sonne, Luft. – Luft!

„Weißt du, was er damals mit vierundneunzig gesagt hat, als ihm der Arzt erklärt hat, dass der Herzschrittmacher zehn Jahre hält?“

Natürlich weiß ich das:

„Und was machen wir dann?“, sagen wir beide gleichzeitig und lachen.

„Er war eben ein Optimist“, nickt sie versonnen.

Aber so lange hat er den Herzschrittmacher dann doch nicht mehr gebraucht. Er war bald wieder im Krankenhaus, in so einem alten, das nicht in einem großen, einzelnen Gebäude war, sondern in einer Art Park mit mehreren Pavillons. Es war affenheiß, wir rannten an der Hand meiner Mutter das ganze Areal rauf und runter, füllten in den falschen Häusern wenigstens die Trinkflaschen nach und glotzten in offene Rettungswägen mit Kranken oder Verletzten. Meine Mutter zerrte uns weiter, bis wir endlich den richtigen Pavillon gefunden hatten. Ich weiß nicht, ob es eine besonders gute Idee ist, Kinder auf Krankenhausbesuche mitzunehmen, aber vielleicht lernt man dabei ja etwas ...

Das Zimmer war lang, an jeder Wand drei bis vier Betten, in der Mitte ein großer Tisch für alle, die zum Essen noch aufstehen konnten, also eh keiner. Das Gruselige daran war, dass die alten Männer in den Betten irgendwie alle gleich aussahen: hervorstehende Backenknochen, eingefallene Wangen, kahle Köpfe – und alle schliefen mit leicht geöffnetem Mund, Gebiss auf Halbmast. „Welcher von denen ist mein Urgroßvater? Und wenn ausgerechnet jetzt einer von denen stirbt, wie soll ich dann wissen, ob es meiner ist?“, dachte ich, aber meine Mutter ging zielstrebig zu einem der Betten, und als er die Augen aufschlug und das Gebiss an seinen Platz schmatzte, erkannte ich ihn doch.

An den Augen, an dem irgendwie nach innen gewandten Blick, sieht man, ob einer noch da ist oder schon mit einem Fuß drüben. Ist so. Das gehört zu den Dingen, die dir keiner beschreiben kann, die man auch nicht in der Schule lernt. Aber wenn man sie sieht, erkennt man sie. Dann weiß man es einfach.

Meine Urgroßmutter ist noch voll da, mit ihrem Verstand und beiden Beinen; und mit vier Rädern. Ich mache heimlich ein Selfie von ihr und mir und dem Grabstein mit dem Namen meines Urgroßvaters. Eigentlich mag ich Selfies nicht, und es fühlt sich jetzt auch nicht ganz richtig an, aber es ist ein sehr schönes Bild, nur für mich. Ich weiß, dass ich es sehr lange niemandem zeigen werde. Ein Geheimnis. Auf dem warmen Grabstein sitzt ein kleiner Vogel in der Sonne. Auch der bleibt für immer im Foto.

Wir schweigen ein bisschen, die Zeit bleibt stehen. Das passiert mir öfter, aber vielleicht bleibe ja nur ich stehen – für eine Weile.

„Weiß du, was R.I.P. heißt?“, fragt sie mich schließlich.

„Rest in peace?“

„Jaja, heutzutage muss alles auf Englisch sein.“ Sie schüttelt den Kopf. „Requiescat in pace! Schon mal gehört?“

„Ist das nicht eh dasselbe?“

„Naja, wir wollen nicht spitzfindig sein. Jedenfalls klingt ‚Ruhe in Frieden‘ wie ein Befehl. ‚Er möge in Frieden ruhen‘ kann zumindest auch als Wunsch verstanden werden, fast wie ein Segen.“ Sie nickt dem Grabstein lächelnd zu. „Er hatte immer einen guten Schlaf. Im Krieg hat er sogar einmal einen Bombenangriff verschlafen.“

„Der Schlaf der Gerechten?“ Das würde ihm ähnlich sehen, aber es könnte sich auch um den Schlaf der Selbstgerechten handeln.

„Man muss es nicht übertreiben ...“

„Großvater Moritz hat im Schlaf geschrien ...“, fällt mir aus ihren Erzählungen ein.

„Ja, siehst du. Deine arme Oma Lotte. Es muss schrecklich gewesen sein, neben jemandem aufzuwachen, der im Schlaf jede Nacht aufs Neue um sein Leben rennt.“

Ja, eigentlich unvorstellbar.

„Und mein Vater kichert im Schlaf“, ziehe ich sie ins Vertrauen, „aber das weißt du nicht von mir!“

„Jaja, die schlafenden Väter ... eine ganz eigene Spezies.“

Wir schauen eine Weile den Grabstein an, als ob der auch noch etwas dazu sagen, vielleicht sogar ein Geheimnis preisgeben könnte. Es ist ganz still. Wolken ziehen auf, die Luft wird ein bißchen frischer.

„Hast du Angst vor dem Tod?“ Oh mein Gott! Habe ich sie das jetzt wirklich gefragt?

Mein Puls schlägt mir plötzlich bis in die Kehle. Meine Hände beginnen zu schwitzen.

Sie legt den Kopf zur Seite und schaut nachdenklich den Wolken nach.

Mein Magen zieht sich zusammen.

„Welchen Tod meinst du? Deinen? Meinen? Irgendeinen?“

Ich sage besser einmal nichts. Ich meine, sie ist hundert. Woher soll ich wissen, wovor man mit hundert Angst hat.

„Zu Tode gefürchtet ist auch gestorben ...“

Sie macht eine Bewegung, als ob sie etwas abschütteln würde.

„... und in Wahrheit geht es doch immer um das Leben ...“, spricht sie langsam weiter.

Ja klar, wenn man vom eigentlichen Sterben absieht, ist dem Toten der Tod wahrscheinlich mehr egal als den Hinterbliebenen, die trauern, schockiert sind, sich ums Erbe streiten – was weiß ich.

Jedenfalls ist sie nicht empört. Mein Puls beruhigt sich. Ich wische mir die Hände an der Hose trocken.

„Es geht um das Leben und um eine gute Geschichte."

„Eine gute Geschichte?" Das verstehe ich nicht.

„Naja, man hat es ja oft genug selbst in der Hand, und man will schließlich wissen, wie es ausgeht."

„Wie bei einem Buch?"

„Ja, aber ohne Schummeln. Du musst schon alle Seiten bis zum Ende lesen."

Ich bemerke gerade, dass ich mich schon die ganze Zeit darüber wundere, wie gut sie mich hört. Kein einziges Missverständnis.

Plötzlich ist die Sonne weg. Der Himmel wird immer grauer.

„So, jetzt brauche ich etwas Süßes", sagt meine Urgroßmutter abrupt, schnalzt gekonnt die Handbremsen auf und gibt sich selbst und dem Rollator einen kleinen Ruck aus den Mulden, die die Räder in den Boden gegraben haben.

Bei mir meldet sich auch ein kleiner Nachspeisenappetit.

Wir schaffen es rechtzeitig vor dem Gewitter ins Auto. Meine Ed Sheeran-Playlist läuft immer noch, *Photograph*. Erwischt.

We made these memories for ourselves / Where our eyes are never closing ... Ich starte, die Fahrt ist ganz kurz, eigentlich nur um den Block. Sogar der Parkplatz vor dem Haus ist immer noch frei. *And time's forever frozen still.* Meine Urgroßmutter wirkt richtig erfrischt von dem Ausflug, der eigentlich ziemlich anstrengend war. Sie geht sonst ja kaum mehr aus dem Haus. Wir warten nur kurz, bis der Regen wieder aufhört, dann steigen wir mit derselben Prozedur wie beim Einsteigen aus, nur eben im Rückwärtsgang: Zuerst den Rollator aus dem Kofferraum holen und aufklappen, dann Tür auf, Beine raus, hochheben. Sie bleibt wieder in meinen Sakkotaschen hängen. Wir kommen zurück in die Halle, und beim Eingang zum Salon hinterlassen die Räder schon keine nassen Spuren mehr. Keiner wirkt erstaunt oder beunruhigt, die Sache mit dem Klo ist etablierter Standard. Meine Mutter nickt mir zu und macht ein „Alles okay?"-Gesicht. Ich nicke gelassen zurück, und damit ist die Sache erledigt.

Wenn wir früher keine Lust auf eine Wanderung oder einen Ausflug hatten, sagte meine Mutter immer: „Jetzt ist die Chance, etwas zu erleben! Woran wollt ihr euch denn später einmal erinnern? Ans Herumsitzen?" In meinem Kopf singt Ed Sheeran das Lied zu Ende: *So you can keep me / Inside the pocket of your ripped jeans ...*

An meinem Platz angekommen, kann ich gleich wieder kehrtmachen. Wir gehen zum Flügel im Salon, mein Vater hat ihn vor ein paar Tagen noch gestimmt. Er weiß, dass er als Musiker so etwas wie der Hofnarr in der Familie ist – einerseits natürlich bewundert, aber andererseits erwartet niemand von ihm, dass er politisch Stellung bezieht oder darüber nachdenkt, wer zu den Guten oder zu den Bösen gehört. Ich glaube, dass ihm das ganz recht ist. Er setzt sich an die Tasten, mein Bruder klemmt sich die Geige unters Kinn, wir nehmen Aufstellung. Mein Vater gibt jedem seinen Ton, den Einsatz, und dann geht's los.

Okay, es ist normalerweise nicht besonders cool, alten Leuten alte Lieder vorzusingen. Und es ist auch nicht besonders angenehm, wenn einem alle dabei zuschauen. Vielleicht möchte man sogar im Boden versinken. Ich hatte keine Erwartungen an unseren Auftritt, aber das hier ist plötzlich ganz anders, so feierlich. Keiner lacht dich aus. Alle strahlen. Und auf einmal ist dir gar nichts peinlich, weil du bemerkst, dass du ihnen eine Freude machst und dass sich ein gutes Gefühl ausbreitet, das von dir selbst seinen Ausgang nimmt. Ich habe es in der Hand! Noch nie hat sich das so angefühlt!

Ich muss an Großonkel Emils Ansage denken, wessen Urteil wirklich zählt. Klar, meine Urgroßmutter freut sich. Mein Großonkel freut sich, dass sie sich freut und dass sein Vater das gut fände. Meine Eltern freuen sich, dass es keine gröberen Pannen gegeben hat. Und so weiter, bla bla bla. Aber woher soll man wissen, wem man es wirklich und unbedingt recht machen will? Das müsste doch jemand sein, auf den man sich immer und überall verlassen kann. Jemand, der nicht mit deinem Kompass in der Tasche einfach abhaut, der nicht die letzten Seiten in deinem Buch mit Tinte bekleckst. Ich stelle mir vor, dass in meiner Zukunft jemand sitzt, der nichts anderes zu tun hat, als dort auf mich zu warten und mir dann auf die Schulter zu klopfen, wenn ich angekommen bin.

Beim Refrain lädt mein Vater alle ein, mitzusingen. Die meisten tun das auch gut gelaunt und voller Hingabe an die Jubilarin, nur die Kleinen sind auf dem Schoß meiner Tante eingeschlafen. Der Lieblingsenkel flennt vor Rührung und sein Sohn, unser Lieblingscousin, grinst hämisch. Er schließt wieder einmal von sich auf andere und glaubt, dass die Peinlichkeit so sehr ihren Höhepunkt erreicht hat, dass ich mir eigentlich sofort das Leben nehmen müsste, aber genau das Gegenteil ist der Fall. Mir geht's richtig gut.

Auf einem kleinen Wagen wird die Geburtstagstorte hereingeschoben, groß genug für die vielen Gäste und für echt nachgezählt hundert Kerzen. Wir packen Geige und Noten weg.

„Fehlt nur noch die Mozart-Perücke", motzt der Lieblingscousin meinen Bruder an.

„Der mit der Geige war Strauß", antwortet mein Bruder ganz ruhig. „Johann. Nicht Richard."

„Vater und Sohn, aber das ist ja nicht so dein Ding", ergänze ich. Ja, ich. Ich krieg das Maul auf!

„Übrigens, der Fleck auf deiner Jacke sieht aus wie Vogelkacke." Daraus könnte ich einen Rap machen.

Ein Rest von der Zigarettenlöschaktion meiner Schwester ist auf der Jacke eingetrocknet. Sein Kopf läuft rot an. Er zieht die Jacke endlich aus, und jetzt weiß ich auch, warum er sie die ganze Zeit angelassen hat. Ein ziemlich peinliches Tattoo kommt zum Vorschein. Ist das missglückt, oder wollte er das so?

Mein Bruder und ich machen große Augen.

„Ist das dein Meerschweinchen?"

Er fletscht die Zähne, holt aus – mein Bruder bringt den Geigenkasten in Sicherheit, ich gehe diesmal rechtzeitig in Deckung – und drischt seine Faust mitten ins Klavier. Die Stahlsaiten machen sproing, und er winselt wie ein ganzes Wolfsrudel. Vor ein paar Stunden noch wäre ich mit offenem Mund daneben gestanden und hätte nicht gewusst, wie ich darauf reagieren soll. Aber jetzt ...

„Ich empfehle dir, dich der Defäkation anheimzugeben.“

Mein Bruder und ich machen uns aus dem Staub.

„Du empfiehlst ihm was?“, fragt er mich.

„Er soll scheißen gehen, wenn du’s genau wissen willst.“

„Wo hast du das denn her?“

„Uroma.“

Mein Bruder klopft mir anerkennend auf die Schulter: „Alte Schule.“

Dessert

Zum Dessert gibt es nicht nur die Geburtstagstorte, sondern auch eine Auswahl an süßen Köstlichkeiten auf einem Wagen, von dem man sich nehmen kann. Toni schiebt ihn an der Tafel entlang und deutet ein leichtes Kopfschütteln an, als ich etwas nehmen möchte, wovon sie weiß, dass es mir nicht schmeckt. Am anderen Ende der Tafel singen die Gäste weiter Geburtstagslieder, und manche scheinen langsam wegzudösen.

Die Erwachsenen haben sich zum Dessert Kaffee bestellt.

„Weißt du noch, die Geburtstagstorten, die unsere Mutter immer gemacht hat?“, sagt mein Onkel.

„Ach ja, das waren schlicht und einfach die besten der Welt“, schwärmt meine Mutter. „Nicht so ein Industriemist wie die gekauften Torten.“

„Und was haben wir gesagt, als sie den Gästen ein zweites Stück angeboten hat?“ Diese Testfrage in Familienanekdoten können wir im Chor beantworten:

„Wir haben doch ausgemacht, es ist nichts mehr da!“

Alle lachen.

„Ja“, strahlt meine Mutter, „wir sind immer in die Küche geschlichen und haben eine Extraportion Creme raufgepappt.“ Dann schüttelt sie sich.

„Unvorstellbar! Heute bekäme ich Magenweh von dem vielen Zucker.“

„Tja, auch die Süße des Lebens will ertragen sein“, sinniert mein Vater.

Meinem Bruder, meiner Schwester und mir ist das egal. Die biologische Besonderheit eines eigenen Magens für Süßes verflüchtigt sich wohl erst in einem Alter, das wir noch nicht erreicht haben.

Meine Urgroßmutter ist erschöpft. Sie hat das Festmahl sichtlich genossen, auch wenn sie relativ wenig gegessen hat. Sie erhebt sich schwerfällig und wirft Kusshände in die Runde. Wieder geht ein leises Raunen durch die Gästeschar. Stille. Die Monarchin spricht:

„Danke, ihr Lieben. Schade, dass ihr schon gehen wollt."

Das ist natürlich auch ein familieninterner Code: Wer nicht zu viel getrunken hat, weiß, dass die Feier nun beendet ist. Das heißt aber noch lange nicht, dass es jetzt wirklich aus ist. Es stehen zwar alle auf und bewegen sich in Richtung Garderobe und Ausgang, weil aber so viele Menschen zu weit voneinander entfernt gesessen sind, beginnt ihre Konversation erst jetzt beim Verabschieden. Es gibt also noch einmal ein richtig lautes Geschnatter.

Als ob sie Theaterkritiker wären, die nach der Premiere noch schnell ihren Bericht in die Redaktion schicken müssen, scharen sich kleine Grüppchen zusammen, die hurtig ihre Einschätzung der Veranstaltung formulieren müssen. Ja, sie sähe blendend aus. In diesem Alter wolle man auch noch so rüstig sein, wenn man es denn erreiche. Die Kinder wären lebhaft, oh ja, aber entzückend, natürlich. Die Jugend hielte wohl nicht viel von Krawatten, aber schön gesungen hätte sie schon. – Warum eigentlich bestehen solche

Zusammenfassungen immer aus Urteilen? Wer hat im Saal einen unsichtbaren Maßstab ausgelegt, an dem nun rückblickend alles gemessen wird? Und warum bestimmen diese Festschreibungen über das Etikett, das man verpasst bekommt? Es ist mir ein Rätsel.

Plötzlich fällt allen gleichzeitig ein, dass der Parkschein ausläuft, der Hund rausmuss, die Blumen genau jetzt verdursten, der ungarische Cousin den Mantel vertauscht hat und überhaupt. Der Saal ist schneller leer als bei einem Feueralarm.

Neben all dieser bienenstockartigen Geschäftigkeit machen meine Eltern also alleine die Blumen und Geschenke transportfähig, während Großonkel Emil die Rechnung begleicht, Onkel Dominik seine schlafenden Kinder zur Familienkutsche trägt und der Lieblingsenkel die Urgroßmutter über ihre Rechte aufzuklären scheint, bevor er sie in sein panzerartiges Fahrzeug hievt. Es sieht ein bisschen so aus, als ob er sie verhaften würde, aber ohne Handschellen, zum Glück. Das Motorrad ist nicht mehr da. Wir schlichten alles in den Kofferraum, und als sie losfahren, winkt die Urgroßmutter wie die Queen und zwinkert mir zu.

„Warum ist der eigentlich ihr Lieblingsenkel?“, frage ich meine Mutter.

„Weil er das braucht“, sagt sie und winkt ihnen nach. „Manche Menschen bemerken nicht, dass sie geliebt werden, und deine Urgroßmutter hat einen wunderbaren Weg gefunden, es ihm zu zeigen.“

Im Vorbeigehen finde ich doch noch die Hoftür, und da steht Toni.

Sie schaut müde aus, aber als sie mich sieht, grinst sie und beginnt zu summen. Ich erkenne den Song sofort und singe mit.

She was Nancy Mulligan, I was William Sheeran ... Da sind sie wieder, Eds Großeltern, die sich aus dem Staub machten und heimlich heirateten. Sie blieben bis an ihr Lebensende ein Paar.

Wir müssen beide lachen.

„Schon süß, wie er da in die Schuhe seines Opas schlüpft", schwärmt Toni.

„Ja, cool. Er singt einfach ich, obwohl das sein Großvater ist und nicht er."

„In einem Song geht das eben. Es ist ja nur eine Geschichte."

„Ja, aber eine, die wirklich passiert ist!"

„Spielt das eine Rolle?"

„Schon irgendwie ... oder nicht? Ich weiß nicht ..." Ich zucke mit den Schultern.

„Wir könnten das ja mit der Band ausprobieren", schlägt sie vor.

„Was ausprobieren?"

„Na, du hast ja sicher genug Geschichten auf Lager." Sie nickt in Richtung Tafel, obwohl da wahrscheinlich keiner mehr sitzt. Durch das Hoffenster sieht man das nicht so genau.

„Nur dass ich nicht so cool bin wie Ed: Ich nehme mir nicht eine Geschichte, ich bekomme sie aufgesetzt."

Sie lehnt den Kopf nachdenklich zur Seite und schaut mir gerade in die Augen. „Kann es sein, dass dir das nur so vorkommt?"

Kann sein.
Ich werde es herausfinden.
„She and I went on the run ...“, singe ich weiter, *„Don't care about religion* ... Übrigens: Kannst du in Zukunft meinen ganzen Namen sagen?“
„Mit Familiennamen? Ist das nicht ein bisschen umständlich?“
„Nein, ich meine ...“
„Scherz!“ Sie schüttelt den Kopf. „He, Sakko und Hemd heißt nicht, dass man nicht lachen darf.“
„Ich meine nur ... Ben heißt auf Hebräisch einfach nur Sohn. Man kann doch nicht Sohn heißen. Das ist, wie wenn du deinen Hund Hund nennst. Ich finde, man sollte als man selbst durchs Leben gehen und nicht als der Sohn von irgendjemandem.“
Eine Weile sagen wir nichts, atmen nur tief durch und schauen zu, wie die Sonne den Asphalt trocknet.
„Hey“, sagt Toni plötzlich, „das war der letzte Tag von meinem Praktikum! Daran hab ich gar nicht gedacht!“
„Endlich frei? – Gratuliere!“
„Ja, super!“ Sie hebt die Arme in die Höhe und macht eine Art hüpfenden Freudentanz. „Mit deiner Family war das ja ein krönender Abschluss. Okay, schräge Krone, aber was soll's.“
„Ja, heftiger Tag ... – Schau mal.“
Ich zücke mein Handy und zeige ihr das Video von Levins Ankunft auf der Alm.
Der Knödel in meinem Hals kommt wieder.
Toni nimmt meine Hand. „Schau, wie er sich freut!“
Verdammt, jetzt rinnt meine Nase, oder sind es doch

die Augen? Ich will mich wegdrehen, aber sie hält mich fest, legt ihre Arme um mich, und so stehen wir eine halbe Ewigkeit da, bis der Knödel aus meinem Hals wieder verschwunden ist.

„Ich glaube, du brauchst ein Taschentuch."

„Ja."

Ich klopfe meine Hosentaschen ab, durchsuche mein Sakko, halte plötzlich inne.

„Was ist?", fragt sie.

„Da ist etwas ..." Ich ziehe ein Ding aus meiner Sakkotasche, das ich vorher noch nie gesehen habe. Eine Art versilberte Münze mit einem Laubkranz baumelt von einem rot-weiß-roten Band. Auf der hinteren Seite ist das Staatswappen, vorne ist „Für Österreichs Befreiung" eingraviert.

„Was ist das?"

„Das ist ...", ich muss kurz nachdenken, „ich schätze, das ist ein kleiner Gruß von meiner Urgroßmutter."

„Sieht komisch aus, wie ein Orden oder so etwas."

„Ziemlich unscheinbar, gemessen daran, wofür es steht."

„Wofür steht es denn?"

„Einfach mehr Luft."

Glossar

ADHS: Aufmersamkeitsdefizit-Hyperaktivitätsstörung

Anschluss: Im März 1938 wurde Österreich von Hitlers Truppen besetzt und unter dem Namen Ostmark zu einem Teil des nationalsozialistischen „Dritten Reichs". Manche wollten Österreich verteidigen, sehr viele aber begrüßten die einmarschierenden Truppen mit Begeisterung.

Ariseur: Der Nutznießer einer Arisierung. Die Enteignung von Juden zugunsten von Angehörigen der sogenannten „arischen Rasse" nannte man Arisierung. Dabei wurde jüdisches Eigentum weit unter seinem Wert verkauft. Auf den Verkaufserlös hatten die jüdischen Eigentümer keinen Zugriff.

Asperger: Diagnose aus dem Bereich des Autismus-Spektrums

Augarten-Porzellan: seit 1923 hochwertiges, handgefertigtes Porzellan aus einer Manufaktur im Wiener Augarten

Bankrotterklärung: eigentlich öffentliche Erklärung der Zahlungsunfähigkeit, im übertragenen Sinn: Eingestehen des Unvermögens

Befreiungs-Ehrenzeichen: Kurzbezeichnung für das „Ehrenzeichen für Verdienste um die Befreiung Österreichs", eine 1976 geschaffene Auszeichnung, die vom Bundespräsidenten auf Vorschlag der Bundesregierung verliehen wird.

Black Beauty: Roman der Autorin Anna Sewell (1820–1878) über das Leben und die Abenteuer eines schwarzen Pferdes

Blutgruppen-Tätowierung: Angehörige der Waffen-SS wurden mit ihrer Blutgruppe tätowiert, damit sie im Fall einer Verwundung schneller medizinisch versorgt werden konnten. Nach dem Krieg, im Zuge der Verfolgung von Kriegsverbrechern, dienten diese Tätowierungen als Erkennungsmerkmal für untergetauchte Angehörige der Waffen-SS.

Braune Randalierer: Jeder Partei wird eine Symbolfarbe zugeordnet: den Nationalsozialisten braun, was auf ihre Uniform zurückgeht; daher kommt auch die Bezeichnung „Braunhemden".

Bundespräsident: Hier gemeint ist Kurt Waldheim, österreichisches Staatsoberhaupt 1986–1992. Die „Waldheim-Affäre" um seine Kriegsvergangenheit löste eine breite gesellschaftliche Diskussion über die Mittäterschaft Österreichs an den Gräueltaten des Naziregimes aus.

Deserteur: auch Fahnenflüchtiger; ein Soldat, der seine militärische Einheit verlässt und die Waffen niederlegt

Didaktik: die Lehre des Lernens und Lehrens

Dyskalkulie: Rechenschwäche

Exodus: in der Bibel der Auszug des Volkes Israel aus der ägyptischen Gefangenschaft

Fetzenschädel: altes österreichisches Schimpfwort, das einen naiven Dummkopf bezeichnet

Fingerbowle: eine Schale mit lauwarmem Zitronenwasser zum Händewaschen nach Speisen, die man mit den Fingern isst

Gnade der späten Geburt: bezieht sich auf Menschen, die von Schuld an den in der NS-Zeit verübten Gräueltaten unbelastet sind, weil sie erst nach Kriegsende geboren wurden

Grüne Grenze: Grenze zwischen zwei Staaten ohne kontrollierten Übergang

Hippotherapie: therapeutisches Reiten

Holzpferd: Ein von der Gruppe „Neues Österreich" entworfenes Holzpferd, das für Protestaktionen gegen den umstrittenen Bundespräsidenten Kurt Waldheim unter anderem am Wiener Stephansplatz aufgestellt wurde. Waldheim hatte zugegeben, einer berittenen Einheit angehört zu haben, aber abgestritten, Mitglied eines NS-Verbandes gewesen zu sein. Daraufhin machte der Witz die Runde, nur sein Pferd sei Mitglied bei der SA gewesen. Deshalb wurde das Pferd zum Symbol der Proteste.

Kavallerie: Reitertruppe, Landstreitkräfte zu Pferd

Kippa: kleine, runde, auf dem Hinterkopf getragene Kopfbedeckung religiöser Juden

Konzil: Hier gemeint ist das Zweite Vatikanische Konzil, das 1962–1965 einschneidende Modernisierungen in der katholischen Kirche beschloss. Vor dem Krieg gab es neben dem rassistischen Antisemitismus der Nazis u.a. auch einen christlich-religiös motivierten Antijudaismus. Dass die katholische Kirche im Zweiten Vatikanischen Konzil eine neue Haltung zum Ausdruck brachte, ging vor allem auf die Erfahrung des Holocaust zurück.

KZ-Nummer: Gefangenen des KZ Auschwitz wurde ihre Häftlingsnummer auf den linken Unterarm tätowiert.

L17: In Österreich darf man mit siebzehn Jahren den Führerschein machen. Man muss dafür mit autorisierten Begleitpersonen, z.B. den Eltern, 3000 Kilometer Übungsfahrten absolvieren und diese genau nach Kilometerstand und Fahrtziel protokollieren.

Laske: Oskar Laske, österreichischer Architekt und Maler (1874–1951)

Lazarett: Krankenhaus für Soldaten

Legasthenie: Lese-Rechtschreibschwäche

Medium: hier gemeint ist jemand mit übernatürlichen Fähigkeiten

Morituri te salutant: „Die Todgeweihten grüßen dich", ein aus der römischen Antike überlieferter Gruß von Gefangenen, die bei Schaukämpfen antreten mussten.

Mostviertel: südwestlicher Teil Niederösterreichs.

Nazi-Professor: Hier gemeint ist Taras Borodajkewycz, der bis zu seiner Zwangspensionierung 1966 an der Hochschule für Welthandel (heute Wirtschaftsuniversität) lehrte.

NSDAP: Nationalsozialistische Deutsche Arbeiterpartei

Pädagogik: Erziehungswissenschaft

Plädoyer: die Rede eines Anwaltes, in der er alle Argumente für seinen Mandanten möglichst überzeugend zusammenfasst

Psalm: poetischer religiöser Text; die Bezeichnung wird meist verwendet für die Gedichte, Lieder und Gebete des Buches der Psalmen in der Bibel.

Restitution: Rückerstattung jüdischen Eigentums nach Ende der Naziherrschaft

Rhetorik: Redekunst

SA: kurz für Sturmabteilung, die paramilitärische Kampforganisation der NSDAP, zuständig für Propaganda, Straßenkampf und Überfälle

Schmähtandler: wienerische Bezeichnung für Angeber, Schwindler

SS: kurz für Schutzstaffel, eine militärische Unterorganisation der NSDAP und eines der stärksten Unterdrückungsorgane im NS-Staat; Einsatzbereich Konzentrations- und Vernichtungslager

Super-GAU: Der GAU ist der größte anzunehmende Unfall (Störungsfall), für den ein Kernkraftwerk gerüstet sein muss. Der Super-GAU geht darüber hinaus.

Tafelspitz: in der feinen Wiener Küche ein besonders zartes Stück gekochtes Rindfleisch, das mit Röstkartoffeln und Apfelkren (Apfelmus mit Meerrettich) serviert wird.

Trapp-Familie: Eine österreichische Familie, die vor den Nazis flüchtete und in den USA Karriere als Familienchor machte. Sie wurde u.a. Vorbild für den Film „The Sound of Music".

Troglodyt: veralteter Begriff für Höhlenbewohner

Trojanisches Pferd: in der griechischen Mythologie eine List der Griechen nach jahrelanger, erfolgloser Belagerung Trojas. Versteckt in einem großen Holzpferd, das die Trojaner für ein Geschenk hielten, gelangten die Griechen in die Stadt und konnten sie so doch noch einnehmen.

Vera Ferra-Mikura: österreichische Kinderbuchautorin (1923–1997), die unter anderem sechs Bücher über „die drei Stanisläuse" geschrieben hat

Verladen: ein Pferd in einen Transportanhänger führen

Volkssturm: gegen Kriegsende gebildetes letztes Aufgebot an Kämpfern, die zwischen 16 und 60 Jahre alt waren und nur notdürftig ausgebildet und ausgestattet waren.

„Wer sich in Familie begibt, kommt darin um": Das soll der österreichische Schriftsteller Heimito von Doderer (1896–1966) in sein Tagebuch geschrieben haben.

Quellen

Seite 11, Seite 135f
Nancy Mulligan, Ed Sheeran
Words and music by Ed Sheeran, Murray Cummings, Benjamin Levin, Foy Vance, Amy Wadge and Johnny McDaid
© Sony/ATV Music Publishing (UK) Limited/Sony/ATV Music Publishing Allegro (UK)
Mit freundlicher Genehmigung von Sony Music Publishing (Germany) GmbH
© Hipgnosis Songs Fund Limited administrated by Peermusic (Germany) GmbH
Mit freundlicher Genehmigung von Peermusic (Germany) GmbH
© by BDI Music Limited
Für Deutschland, Österreich, Schweiz: Platz Musikverlage GmbH
© 2014 Spirit B-Unique Polar Patrol, Spirit B-Unique JV S.A.R.L.
All Rights for Spirit B-Unique Polar Patrol and Spirit B-Unique JV S.A.R.L. administered by Kobalt Music Group Ltd.
All Rights Reserved Used by Permission of Hal Leonard Europe Limited

Seite 127f
Photograph, Ed Sheeran
Words and music by Ed Sheeran, Martin Harrington, Thomas E. Leonard, Peter Harrington
© Sony/ATV Music Publishing (UK) Limited/Ed Sheeran Limited/Sony/ATV Songs LLC
Mit freundlicher Genehmigung von Sony Music Publishing (Germany) GmbH
© 2014 Spirit B-Unique Polar Patrol, Spirit B-Unique JV S.A.R.L.
All Rights for Spirit B-Unique Polar Patrol and Spirit B-Unique JV S.A.R.L. administered by Kobalt Music Group Ltd.
All Rights Reserved Used by Permission of Hal Leonard Europe Limited

Danksagung

– an Karin Haller vom Institut für Jugendliteratur für ein wunderbares „Schreibzeit"-Jahr und den nicht nachlassenden Rückenwind seither

– an Lena Raubaum und Hannes Wirlinger für ihre kollegialen Anmerkungen, Tipps und Hilfestellungen

– an Lena Steinbacher, die mir alles beigebracht hat, was ich über Pferde weiß

– an Stephan Roth vom Dokumentationsarchiv des österreichischen Widerstandes für die Unterstützung bei der Recherche, seine unerschöpfliche historische Expertise und die geduldige Beantwortung all meiner Fragen

– an Natalie Tornai, die mit ihrer Klugheit und Ermutigung, ihrem Wissen und Feingefühl dafür sorgte, dass diesem Buch nicht die Luft ausgeht

– an Anna Stacher-Gfall, die gemeinsam mit den Stanisläusen dieses Buch bei Jungbrunnen willkommen geheißen hat

Mehr spannende Geschichten vom Verlag Jungbrunnen:

Armin Kaster

Das geheimnisvolle Leben der Kröten *ab 12*

ISBN 978-3-7026-5964-6, 176 Seiten

In der Familie von Fee müssen gegenwärtige Verbindungen hinterfragt werden, als Geheimnisse der vergangenen Beziehungen ans Licht kommen. Irgendwann haben alle Beteiligten im Mühlbachtal gelebt, nach Zerwürfnissen und Konflikten sind einige von dort weggezogen. Plötzlich ruft Fees Urgroßvater die Familie ins Mühlbachtal, um eine lang überfällige Wahrheit zu erzählen. Fee passt das gar nicht, aber sie muss mit ihrer Patchwork-Familie zurande kommen, ihren Geheimnissen, verschiedenen Orten, an denen die geliebten Menschen leben, neuen Kontakten und am Ende sogar mit einem Umzug aufs Land.

Ein spätes Outing ordnet die Familienverhältnisse neu.

Deborah Ellis

Afghanistan-Trilogie *ab 13*

ISBN 978-3-7026-5822-9, 368 Seiten

Im Sammelband: Die Afghanistan-Romane der Erfolgsautorin Deborah Ellis!
Parvana und ihre Freundin Shauzia erleben die Willkürherrschaft der Taliban, dann den Krieg gegen die Amerikaner. Jedes der beiden Mädchen muss seinen Weg allein gehen: Parvana schlägt sich in den Norden Afghanistans durch, weil sie hofft, dort ihre Mutter und ihre Geschwister wiederzufinden. Shauzia flieht nach Pakistan, um der geplanten Zwangsheirat zu entkommen. Trotz aller Rückschläge erreichen beide ihr Ziel und haben noch immer die Kraft, an ein besseres Leben und an ein Wiedersehen zu glauben.

Die Trilogie ist eine Erfolgsgeschichte!

Rachel van Kooij

Die weltwichtigste Briefmarke *ab 12*

ISBN 978-3-7026-5971-4, 336 Seiten

Erster Weltkrieg, Schauplatz Belgien. Der zwölfjährige Thierry will sich für den Tod seiner Mutter an den deutschen Besatzern rächen und schließt sich „den zwölf verwegensten Jungen Belgiens" an. Ein Sabotageversuch scheitert und die Jungen werden eingesperrt. Thierrys Großvater kann ihn herausholen, aber der Junge muss sofort die Stadt verlassen und wird bei seiner Großtante in Geel untergebracht. Hier leben seit Jahrhunderten Menschen mit psychischen Einschränkungen als Gäste in Pflegefamilien. So auch Albert, der psychisch instabil ist. Er kann hervorragend zeichnen und arbeitet an der „weltwichtigsten Briefmarke", die er dem belgischen König schenken will.

genau recherchiert und packend erzählt

Brigitte Jünger

Der Mantel *ab 13*

ISBN 978-3-7026-5932-5, 204 Seiten

Fanette, 14, lebt mit ihrer Mutter in Paris. Ihr Nachbar ist Aron Schatz, 95. Fanette ist seit ihrer Kindheit mit Aron befreundet und hat von ihm Deutsch gelernt. Ein Schüler-Auslandsaufenthalt bringt sie nach Deutschland, in Aron Schatz' alte Heimat. In ihrem Gepäck ist ein Abholschein für einen Damenmantel, der den Krieg überdauert und den Aron ihr mitgegeben hat. In Deutschland versucht Fanette herauszufinden, was es mit dem Mantel auf sich hat und was im Zweiten Weltkrieg mit Arons Verwandten geschehen ist.

Freundschaft, Empathie, Fürsorge